桐城派 古文品读

江小角 杨怀志 方宁胜 编著

北京师范大学出版集团
安徽大学出版社

图书在版编目(CIP)数据

桐城派古文品读/江小角,杨怀志,方宁胜编著.—合肥:安徽大学出版社,2023.12(2025.7重印)
(桐城派文库)
ISBN 978-7-5664-2778-6

Ⅰ.①桐… Ⅱ.①江…②杨…③方… Ⅲ.①桐城派—文学流派研究—文集 Ⅳ.①I207.62-53

中国国家版本馆 CIP 数据核字(2023)第 233577 号

桐城派古文品读
Tongchengpai Guwen Pindu

江小角 杨怀志 方宁胜 编著

出版发行:	北京师范大学出版集团 安徽大学出版社 (安徽省合肥市肥西路3号 邮编230039) www.bnupg.com.cn www.ahupress.com.cn
印 刷:	合肥华苑印刷包装有限公司
经 销:	全国新华书店
开 本:	787 mm×1092 mm 1/32
印 张:	6.875
字 数:	155千字
版 次:	2023年12月第1版
印 次:	2025年7月第5次印刷
定 价:	32.00元

ISBN 978-7-5664-2778-6

策划编辑:齐宏亮 汪 君	装帧设计:王齐云
责任编辑:汪 君	美术编辑:李 军
责任校对:范文娟	责任印制:陈 如 孟献辉

版权所有 侵权必究

反盗版、侵权举报电话:0551-65106311
外埠邮购电话:0551-65107716
本书如有印装质量问题,请与印制与运营中心联系调换。
印制与运营中心电话:0551-65106311

前言

桐城派是中国文学史上最大的散文流派,它发端于清初,衰微于民国时期,绵延二百余年,差不多与清王朝的命运相始终。因为它的创始者方苞、拓大者刘大櫆、集大成者姚鼐都是桐城人,故名桐城派。

究其得名之始,可以追溯到乾隆四十二年(1777),已享盛名的姚鼐为他的老师刘大櫆撰写《刘海峰先生八十寿序》,借用《四库全书》编修程晋芳、周永年的话,称赞"昔有方侍郎,今有刘先生,天下文章,其出于桐城乎"。由此,一个由方苞、刘大櫆、姚鼐三代传承构建的桐城文章谱系,就十分清晰地呈现在世人面前。到了咸丰八年(1858),晚清重臣曾国藩在《欧阳生文集序》中,再次高举"天下之文章,其在桐城乎"的旗帜。由于曾国藩具有较高的政治地位和强大的影响力,桐城派的声名更加响亮。

振叶寻根,观澜索源。桐城之所以成为泱泱文派的发祥地,除了桐城自然风光秀美、人文积淀深厚、家风家教优良,以及清朝文化政策的引导和桐城学人对它的适应等因素外,一个重要的原因在于方苞、刘大櫆、姚鼐等桐城派作家,后先相继,推陈出新,创立以"义法"说、"神气说"、"义理、考证、辞章"说、"神理气味格律声色"说、"阳刚阴柔"说等为核心的完整周密的古文理论体系,再经过他们的弟子门生广为传播,大力弘扬,桐城派作为清代文坛盟主和正宗的地位自然稳固并被确立下来。

一般而言,桐城派的形成和发展经历了三个时期。

开创期(康熙至乾隆时期):这一时期的代表作家是戴名世、方苞、刘大櫆。他们筚路蓝缕,以启山林,从人才培养和文论创作两方面为桐城派的崛起奠定了基础。其中比方苞年长十五岁、相互交往密切的戴名世,也以能文著称。谈桐城派,本该戴名世、方苞并称,但戴名世因为《南山集》案被杀害,后人为了避讳,很少述及其名,直到晚清时期,戴名世才重新回到人们的视野中。

兴盛期(乾隆至道光时期):这一时期的代表作家是姚鼐。姚鼐不仅以其高质量的创作实绩,为桐城散文提供了范例,而且通过书院讲学培养了一大批学生,南京的钟山书院、徽州的紫阳书院、安庆的敬敷书院、扬州的梅花书院都留下他辛勤讲学的身影。这些优秀的弟子,合力将桐城派推广到大江南北。姚鼐有四大门徒,号称"姚门四杰",即梅曾亮、管同、方东树、刘开,再加上他的侄孙姚莹等人,他们转相传授,桐城派势力迅速壮大。其中,管同、刘开才华出众,方东树长于思辨,姚莹富有经世才能,而梅曾亮专心文事,成就较高,为姚鼐之后的领军人物。

末流期(道光至民国时期):这一时期的代表作家有曾国藩、曾门四弟子和林纾、严复。鸦片战争以后,由于外敌入侵,局势动荡,文学的生存空间受到挤压,加上姚鼐去世,大树飘零,群龙无首,桐城派的声势日渐衰减。到咸丰、同治年间,曾国藩尊崇姚鼐,将不少桐城派作家招为幕僚,常在一起切磋文事,桐城派的声势得以重振,在新的历史时期展现出新的面貌,一时号称"湘乡派",其实就是桐城派的分支。曾国藩有四大弟子,即武昌张裕钊、桐城吴汝纶、遵义黎庶昌、无锡薛福成。张裕钊、吴汝纶精于创作,潜心教育,具有学者风范;薛福成、黎庶昌长于经济,出使国外,富有外交才能。由于他们的勉力维持,桐城派在曾国藩去世后,声势与影响尚存,仍有一批桐城派作家活跃于文坛,如林纾、严复、姚永朴、姚永概、马其昶等。福建人林纾、严复都是吴汝纶的弟子,他们用桐城派古文翻译西洋小说和政论著作,风行一时,而桐城人"二姚一马"则利用在北京大学、安徽高等学堂等任教的机会,一直坚守桐城古文阵地,享有较高的知名度。随着新文化运动兴起,桐城派的主流地位渐被取代,在历史的大潮中渐行渐远。

桐城派作为中国文学史上历时最长、作家最多、流衍最广、影响最大的散文流派,它的价值与贡献体现在诸多方面,但在文论与文章上的贡献与影响尤大。

桐城派文章讲究"义法",所谓义就是"言有物",所谓法就是"言有序",内容与形式要统一。一篇文章要写得好,既要有充实的内容,又要讲究形式章法。具体来讲,就是要做到姚鼐提出的"义理、考证、辞章"。义理就是一篇文章要有明确的写作宗旨,要有一定的思想内涵,要表达鲜明的立场;考证就是要有材料作支撑,内容要厚实丰富,不能空洞无物;辞章就是富有文采,雅洁可诵。姚鼐的代表作《登泰山记》就完美地体现了他的这个主张。桐城派散文的艺术特色就在于"清通"和"雅驯"。可以说,在桐城派出现之前,还没有哪一个作家群或古文流派像桐城派那样全神贯注、专心致志地对古典文论进行系统总结,并且如此专注地从事古文创作。桐城派作家教人学写古文,主要是学唐宋八大家的文章,所谓"文章介韩欧之间",就是这个意思。明朝归有光学唐宋八大家最成功,所以桐城派以归有光为标杆。为了更好地传播古文

前 言

创作理论,同时给古文学习者指点迷津,方苞、姚鼐还编选了《古文约选》《古文辞类纂》两个经典选本,其间体现了桐城派的审美追求、论文宗旨和价值取向。

清朝是中国封建社会的最后一个王朝,桐城派主盟清代文坛二百余年,表现出集大成者的风范,它的影响并不因为时光的流逝而消失。从某种意义上说,桐城派是介于古典散文与现代白话文之间的桥梁,白话文的兴盛,离不开桐城派此前的铺垫,正是得益于他们的努力,传统古文才逐渐摆脱幽深高古而日趋平易畅达,更容易被人接受。因为桐城派讲究"雅洁"、讲究文从字顺,现当代许多作家都从桐城派那里得到启发,而一般读者研读揣摩桐城派的文章,也能学到桐城派作家写作的精髓,写出一手漂亮的文章。

我们今天学习并研究桐城派,具有很强的现实意义。第一,通过阅读桐城派作家的著作,不难发现其中蕴含着许多与当代社会主义核心价值观相契合的优秀因子,比如以民为本的价值取向、廉洁从政的操守追求、与时俱进的创新精神、矢志不渝的爱国情怀、实事求是的治学态度,这些都值得今人思考和学习。第二,回望桐城派发展历程,尊师重教是其赓续不断的优良传统,革故鼎新是其长久兴盛的不竭动力,这种文化基因根植于中华文明的土壤中,融入地域文化的血脉里,体现在桐城人民的行动上。忆往昔，"文章甲天下，冠盖满京华"是桐城派先贤铸就的恢宏气象；看今朝，"人文重崛起，再度领风骚"是当代桐城人谱写的盛世华章。守正创新，勇于创造，这是桐城派留下的宝贵精神遗产，也是我们传承并发展桐城派文化题中应有之义。

习近平总书记指出："中国文化源远流长，中华文明博大精深。只有全面深入了解中华文明的历史，才能更有效地推动中华优秀传统文化创造性转化、创新性发展，更有力地推进中国特色社会主义文化建设，建设中华民族现代文明。"桐城派文化是中华优秀传统文化的典型标本。为了更好地展现桐城派文化魅力，传承历史文脉，坚定文化自信，安徽省桐城派研究会约请江小角、杨怀志、方宁胜三位同志编选了这本《桐城派古文品读》，力图从桐城派作家浩瀚的作品中选取思想性、文学性、艺术性兼备的美文华章，荟萃一册。希望通过这些文章，使读者真正了解桐城派、认识桐城派、传播桐城派，让更多的人愉快阅读、接受熏陶、获得教益，从而共同推动桐城派文化的创造性转化与创新性发展，为安徽文化强省建设奉献智慧与力量。

安徽省桐城派研究会
2023年12月

目录

方以智 / 清芬阁集跋 …………………………〔1〕
钱澄之 / 怀西楼记 ……………………………〔7〕
潘　江 / 四门义学记 …………………………〔13〕
姚文然 / 训子篇 ………………………………〔17〕
张　英 / 龙眠古文初集序 ……………………〔20〕
戴名世 / 鸟说 …………………………………〔26〕
　　　 / 河墅记 ………………………………〔28〕
方　苞 / 送王篛林南归序 ……………………〔32〕
　　　 / 左忠毅公逸事 ………………………〔35〕
　　　 / 狱中杂记 ……………………………〔39〕
　　　 / 再至浮山记 …………………………〔48〕
张廷玉 / 良弼桥记 ……………………………〔52〕
刘大櫆 / 送姚姬传南归序 ……………………〔57〕
　　　 / 游晋祠记 ……………………………〔61〕
　　　 / 游碾玉峡记 …………………………〔65〕
姚　鼐 / 刘海峰先生八十寿序 ………………〔69〕
　　　 / 登泰山记 ……………………………〔72〕
　　　 / 游媚笔泉记 …………………………〔76〕
　　　 / 观披雪瀑记 …………………………〔79〕

方东树 / 姚石甫文集序	〔82〕
姚元之 / 姚介石塞外记	〔90〕
管 同 / 宝山记游	〔94〕
刘 开 / 问说	〔98〕
姚 莹 / 粤东学使后园记	〔104〕
梅曾亮 / 钵山余霞阁记	〔110〕
朱 琦 / 名实说	〔114〕
吴敏树 / 君山月夜泛舟记	〔119〕
曾国藩 / 原才	〔124〕
/ 欧阳生文集序	〔128〕
冯志沂 / 送余小颇先生出守雅州序	〔134〕
王 拯 / 媭砧课诵图记	〔137〕
方宗诚 / 桐城文录序	〔141〕
/ 蔬圃永感图记	〔147〕
徐宗亮 / 游西寺记	〔150〕
张裕钊 / 北山独游记	〔153〕
/ 答吴挚甫书	〔155〕
黎庶昌 / 卜来敦记	〔161〕
薛福成 / 观巴黎油画记	〔166〕
吴汝纶 / 送张廉卿序	〔170〕
/ 天演论序	〔176〕
林 纾 / 湖心泛月记	〔184〕
/ 送姚叔节归桐城序	〔186〕
范当世 / 王母陈太孺人哀辞	〔191〕
马其昶 / 赠太仆寺卿南昌知县江君家传	〔195〕
姚永朴 / 桐城耆旧言行录序	〔201〕
姚永概 / 西山精舍记	〔207〕

方以智

方以智(1611—1671),字密之,号曼公。明末清初桐城人,思想家、科学家、文学家。少年时代和陈贞慧、冒襄、侯方域等参加"复社"活动,有"明季四公子"之称。崇祯十三年(1640)进士及第,授翰林院检讨。清兵下广东,出家为僧。改名大智,字无可,别号弘智、药地、浮山愚者、愚者、极九老人等。康熙十年(1671),因"粤难"押赴广东,卒于江西万安之惶恐滩。对天文、地理、历史、物理、生物、医药、哲学、文学、音韵等都有研究。在《东西均》中提出了"合二而一"的合理命题。在文学上亦有建树。青木正儿称"其文章论说似根据于宋儒哲学,议论难懂。但观其评论历代文章的短论,则其所宗仍在唐宋八大家"(《清代文学评论史》第四章"清初唐宋八家文的流行",中国社会科学出版社1988年版)。由此可知,方以智不失为桐城派之先导。著作有《通雅》《物理小识》《东西均》《药地炮庄》《浮山文集》等。

清芬阁集跋

智仲姑母①,适姚公前甫氏②,再期不天③,乃请大归④,守清芬阁中,此清芬阁之所以有集也。

姑少好诗书,善白缋古先生⑤。不事诸娣姒笑⑥,有丈夫志,常自恨不为男子⑦,得树事业于世,又不幸罹此穷苦⑧,膺心居矜⑨,又安敢以女子著书名哉?

自丙午岁⑩,与余母朝夕织纴以下俱共事⑪,殷勤之余,时或倡咏。伯姑间归而和之⑫,闺门之中,雍雍也⑬。尔智未束发⑭,梦梦不知所奉⑮。暨稍长,离经小学⑯,克共侍命⑰,而吾母即世⑱,嬛嬛儃佪⑲,莫适与归⑳。问我诸姑,仲氏任之。盖抚余若子者八历年所,无间色矣㉑。尝曰:"吾不幸不获从地下,长累父母。父母故罔极㉒,吾姊妹皆安荣备福㉓,月朔归宁㉔,屡辱顾问㉕,我何言哉!宜人知吾心㉖,亦复蚤逝㉗。嗟夫!家事大小,一莫敢问。《礼》曰:'内言不逾阃。'㉘《诗》曰:'无非无仪。'㉙况寡妇乎?"自感宜人意,诸子女饮食当治,衣裳当澣㉚,俱身先操作;间命婢,必慰谕遣之。其淑慎如此㉛。

於乎!自智不得逮事吾母,以不得不子于姑,敢不母事吾姑,以不敢死其亲乎?其所著述,每从帏下,纪诸箧,至今以帙,积录存之。偶执吾母《黻佩居遗稿》示余曰:"卬无若㉜,弗与言也已。所与言惟淑人㉝,淑人又伤无子。女子慷慨而有所发愤,独非然耶?"然所为辄弃㉞,存者十半,以为女子不以才贵,故其删《宫闺诗史》也㉟,断断乎必以邪正别之㊱。

嗟乎!女子能著书若吾姑者,岂非大丈夫哉!今年伯姑自任中选其生平篇什,以书属余寿诸木以不朽㊲,余亦因以尽所逮事北堂之意㊳,庶其妥而。

崇祯己巳冬�439,以智书。

(选自《浮山文集前编》卷二)

〔注释〕

① 仲姑母:方以智仲姑方维仪(1585—1668),字仲贤。明末著名诗人、画家。著有《清芬阁集》七卷,又辑历代妇女诗作,编为《宫闺诗史》,"以邪正别之"。其绘画师法宋代李公麟,擅长绘释道人物,特别是白描《观音大士图》,形神兼备。

② 适姚公前甫:嫁姚前甫。姚前甫,即姚孙棨,字前甫。其父姚之兰为方维仪舅父,姚孙棨与方维仪为表兄妹,青梅竹马。方维仪十七岁嫁入姚家,翌年夫卒,方维仪有遗腹女,生九月而夭。

③ 再期:指服丧两年。期(jī):一周年。不天:不为天所护佑。

④ 大归:古时指妇女被夫休,回归母家。此处指方维仪丧夫后回归母家。

⑤ 白:白描,中国画技法之一,用线条勾描物像,不着颜色的画法。缋:同"绘",绘画。古先生:借称佛及佛像。

⑥ 傧笑:或蹙眉或微笑。傧:通"颦",蹙眉。枚乘《菟园赋》:"傧笑连便。"

⑦ 恨:遗憾。

⑧ 罹(lí):遭遇。

⑨ 膺:胸。矜:敬重。

⑩ 丙午岁:万历三十四年(1606)。

⑪余母:即吴令仪(1593—1622),字棣倩,明末女诗人,著有《黻佩居遗稿》。织纴:指织布帛之事。

⑫伯姑:方以智伯姑方孟式(1582—1639),字如耀。方大镇之长女,山东布政使张秉文之妻。明末女诗人、画家。著有《纫兰阁集》十二卷。崇祯十二年(1639)张秉文守济南,城破殉节,方孟式亦投水死。方孟式与妹方维仪、堂妹方维则守节,后人称为"方氏三节"。

⑬雍:和谐。闺门之中,雍雍也:谓相互唱和,其乐融融。

⑭尔:指示代词,这,这时。未束发:还没有系结头发,指幼年。

⑮梦梦:昏乱不明貌。

⑯离经:明经。《易·说卦》:"离也者,明也。万物皆相见,南方之卦也。"小学:指研究文字音韵、训诂的学问。汉代称文字学为小学,因儿童入小学先学文字,故名小学。

⑰克共侍命:能够供从,承奉召唤。

⑱即世:去世。

⑲嬛(qióng):同"茕",孤独。饘(zhān):稠粥。由(kuài):同"块",成疙瘩或成团的东西。嬛嬛饘由:谓每餐饮食都无所依靠。

⑳莫适与归:不知道依靠谁。

㉑无间色:从没有不好的脸色。

㉒罔极:指父母对子女的恩德无穷。

㉓安荣备福:安享荣华,各具福分。

㉔月朔归宁:每月回家看望父母。朔:农历每月初一日。归宁:出嫁女子回娘家看望父母。

㉕ 屡辱顾问:承蒙常常看望、慰问。辱:承蒙。
㉖ 宜人:指吴令仪。此时方以智父方孔炤官员外郎、郎中,从五品,故吴令仪封号为宜人。明、清两朝封赠五品官员之妻为宜人。
㉗ 蚤:通"早"。
㉘ 内言不逾阃(kǔn):语出《礼记·曲礼》:"外言不入于阃,内言不出于阃。"郑玄注:"外言内言,男女之职也。不出入者,不以相问也。"阃:指妇女居住的内室。
㉙ 无非无仪:《诗经·小雅·斯干》:"无非无仪,唯酒食是议,无父母诒罹。"无非:无违,能够顺从。无仪:做事不会违背礼节。
㉚ 澣(huàn):同"浣",洗。
㉛ 淑慎:贤良谨慎。
㉜ 卬(áng):人称代词,我。若:人称代词,你。
㉝ 淑人:指吴令仪。此时方以智父、吴令仪丈夫方孔炤已官至都御史,正三品。明清时三品官之妻封号为淑人。
㉞ 辄:立即,就。
㉟ 《宫闱诗史》:为方维仪编辑历代名媛诗作的作品集。其主旨内容据《江南通志》记:"主于刊落淫哇,区明风烈。"
㊱ 断断:绝对。邪正别之:正邪加以区别。
㊲ 寿:婉辞,谓为诗集写跋付梓。
㊳ 北堂:古时指士大夫家主妇的居室。后代称母亲。此指方维仪,方以智"母事吾姑"。
㊴ 崇祯己巳:即崇祯二年(1629)。崇祯:明思宗朱由检的年号(1628—1644)。

〔品读〕

《清芬阁集跋》是方以智十九岁所作,作者以深厚的感激之情,写了"抚余若子者八历年所,无间色"之深恩,表达了对集慈母与严师于一身的仲姑方维仪的敬仰。方以智母亲吴令仪病逝后,方以智即由方维仪抚育教养,以至成人。其间,操之以心,躬之以劳,施之以爱,教之以学,可谓辛勤备至。思仲姑之艰辛,作者由衷地感叹说:"以不得不子于姑,敢不母事吾姑,以不敢死其亲乎?"肺腑之言,令人感动。

方以智对方维仪不幸的人生充满同情,"适姚公前甫氏,再期不夭,乃请大归","又不幸罹此穷苦"。对方维仪高尚的人品深表敬佩,"有丈夫志,常自恨不为男子,得树事业于世"。对方维仪"与余母朝夕织纴以下俱共事,殷勤之余,时或倡咏。伯姑间归而和之,闺门之中,雍雍也"。颇为欣慰。当伯姑方孟式以书嘱作者为《清芬阁集》作跋,亦正是"以尽所逮事北堂之意",所以伤感、怀恩、景仰之情流注笔端,文辞之雅,韵味之醇,读之令人回味无穷!

钱澄之

钱澄之(1612—1693),字饮光,初名秉镫,字幼光,晚号田间。明末清初桐城人,古文家、诗人、学者。南明桂王称帝时,授庶吉士,官至编修。桂林被清军占领后,一度削发为僧,自号西顽。决然回归故里,潜心治学为文。韩菼称誉他"诗歌古文满天下"。当代名家钱仲联说:"论桐城派古文,后海先河,澄之为昆仑之源,当无疑义。"著名学者吴孟复诗云:"先生高见空千载,故与渊明伯仲间。"其文才气骏发,不可控抑。所写奏疏议论,多气魄雄大,立论坚确,论辩有力,鞭辟入里,有先声夺人、荡心摄魄之势。其诗自抒情性,诗风平淡。古诗感慨讽喻,婉而多讽。五言似渊明,亦在神理,不在字句。部分诗作表现出眷怀明室的感情,对清廷官吏的残暴有所揭露。著有《田间诗学》《田间易学》《田间诗集》《田间文集》《所知录》《藏山阁集》等。

怀西楼记

吾邑有东西山^①。山之自西来者,蜿蜒数百里而尽于吾邑^②。其别而东者,奋迅直去^③,以峙于邑之左。而两山数百里之水,皆合诸城北,更前折而西,以回抱邑治,无复东注者。用是^④,西山转似为邑障水,故邑人重之,而邑之胜概多在西山焉。凡在城内居者，大抵辟牖面西⑤，以纳爽气。吾友左夏子所居⑥，负北郭⑦，建小楼，其居之左侧，正望西山。题曰怀西楼⑧，亦犹夫邑人辟牖面西之楼也。

夏子曰："吾亲在西焉⑨。吾之居，吾祖父创也，吾亲以授诸吾。而城西有吾弟子周庐⑩，吾亲从之居，弟少也，吾晨昏则有间焉⑪。是故，西，吾亲所在也，吾望西山晓，知吾亲兴焉⑫；西山暮，知吾亲定焉⑬；雨则如睹其愁寂；霁则如承其愉悦也⑭。四时之间，一日之内，西山之气候不齐，其所以触吾怀者亦不一。故吾之西向而楼，非犹夫人之西向而楼也；吾之于西，盖未能一时去诸怀也。"

吾尝读《小雅·四牡》之诗曰⑮："不遑启处⑯。"《魏风·陟岵》之篇曰⑰："瞻望父兮⑱。"一则上之人取诸其怀而言之，一则直自言其所怀，此皆有不得已于君国之事，身羁异地⑲，而不获亲其父母，故怀之如此其切也。若夫居不离阛阓⑳，行不出步武㉑，视寝问膳犹膝下也，而犹以晨昏有间为怀焉，诚以侍御公行年八十㉒，即晷刻㉓，皆人子所宜爱惜承欢，不可斯须以少离者㉔，盖孝子孺慕之至情也。

夫左氏自忠毅公抗节死珰祸㉕，而又有侍御公以直声著闻㉖，称一门忠贞。吾于夏子之孝思，而知为其家作忠之本也。夫为人臣一日不忘其君，必为人子一日不忘其亲者也。或曰："侍御之志在西山,非此山之谓也。见西山而有怀,非徒不忘其亲,亦以不忘其亲之所不忘也㉗。"若是,则夏子之怀,又非寻常瞻依者之可同日语矣㉘。

(选自《田间文集》卷九)

〔注释〕

① 东西山:即东龙眠山、西龙眠山,合称"龙眠山"。

② 尽:止。

③ 奋迅:形容山势如鸟飞或兽跑,迅速而有气势。

④ 用是:因此。

⑤ 辟牖(yǒu):开辟窗户。

⑥ 左夏子:即左国鼎,字夏子,崇祯末诸生,左光先之长子,桐城人。著有《袚闻集》《蔡园集》。潘江《龙眠风雅·左国鼎》:夏子为侍御之长子,"南渡后,贞介公几罹不测,夏子挈家入黄山,左右无方,卒免于难"。

⑦ 负北郭:靠近北边的城墙。

⑧ 怀西楼:遗址今存,在桐城市区北大街。20世纪末,在原址上修复左忠毅公祠,名曰"嗒椒堂"。

⑨ 亲:即父亲。

⑩ 子周:即左国治,字子周,号橘亭,诸生,左光先之三子,著有《橘亭集》。张英《存诚堂诗集·挽左橘亭》:"才华夐与太冲俦,束发论交已白头。青史鸿名留大谏,谢家群从本英流。书来故国椒浆远,草掩荒庭橘树秋。最是皋比心独苦,《蓼莪》诗罢泣从游。"

⑪ 间:空闲的时间。

⑫ 兴:起,起床。

⑬ 定:安睡。

⑭ 霁:雨后或雪后转晴。

⑮ 《小雅·四牡》:《小雅》为《诗经》的一部分,共有七十四篇。大致产生于西周后期和东周初期,作者多属于统治阶级,一部分是宴会的乐歌,较多的是反映其统治危机,并对此表示忧虑的政治诗。《四牡》为"四言诗",是一首写使臣自叹自咏的诗,表达了思念故乡、思念父母兄长的感情。

⑯ 不遑(huáng)启处:没有时间在家安居休息。不遑:没有闲暇。启处:安居休息。

⑰ 《魏风·陟(zhì)岵(hù)》:《魏风》是《诗经》中《国风》的组成部分。《国风》,又称"十五国风",共有一百六十篇,大抵是周初至春秋中期的作品,多为人民的创作,对当时社会政治生活有广泛的反映,有的直接揭露统治阶级的罪恶行为,是《诗经》中最有价值的部分。《陟岵》:写行役在外者登高远望思念父母兄长。《诗序》:"《陟岵》,孝子行役,思念父母也。国迫而数侵削,役乎大国,父母兄弟离散,而作是诗也。"陟:登高。岵:多草木的山。

⑱ 瞻望父兮:遥望我的父亲。

⑲ 身羁:自己的身体被羁绊阻遏。

⑳ 阛阓(huán huì):街市。

㉑ 步武:谓相距不远。《国语·周语下》:"夫目之察度也,不过步武尺寸之间。"韦昭注:"六尺为步,贾君以半步为武。"

㉒ 侍御公：即左光先(1580—1659)，字述之，一字罗生，号三山。左光斗之弟，桐城人。天启四年(1624)举人。崇祯元年(1628)，任福建建宁知县，有政声。擢御史，故称左侍御。后又官浙江巡按。南明亡，归隐故里。著有《左侍御公集》。潘江《龙眠风雅·左光先》：公为"忠毅公之第七弟也，天启甲子举人。筮仕绥安，以异绩行取授监察御史，代巡两浙，廉核官方，勤恤民隐，风采凛然。生平不避艰险，不惮威势，在忠毅伯仲之间，如纠讦关墨吏，歼逆贼许都，参权奸马贵阳，皆忘身殉国，守道逐邪，有古大臣謇谔之风。"

㉓ 晷(guǐ)刻：片刻，谓时间短暂。

㉔ 斯须：一会儿的工夫，片刻。少离：稍微离开。

㉕ 忠毅公：即左光斗(1575—1625)，字遗直，号浮丘。万历三十五年(1607)进士，官至左佥都御史。天启四年(1624)，他上奏弹劾魏忠贤阉党三十二条斩罪，被诬下狱，受酷刑后死于狱中。魏忠贤死后，赠太子少保、右副都御史，谥为"忠毅"。著有《奏疏》三卷、《诗文集》五卷。珰祸：指遭魏忠贤阉党陷害之祸。珰：指宦官。汉代宦官侍中、中常侍等的帽子上有黄金珰的装饰品，故指代宦官。

㉖ 直声：正直的名声。

㉗ 以不忘其亲之所不忘：此句谓以不忘其亲人而怀有的亲情、孝道、忠贞的品格。

㉘ 瞻依：瞻仰依恃。表示对尊长的敬意。《诗经·小雅·小弁》："靡瞻匪父，靡依匪母。"郑玄笺："此言人无不瞻仰其父取法则者，无不依恃其母以长大者。"

〔品读〕

《怀西楼记》是作者以饱满浓郁的笔触写好友左夏子所居的一篇散文。名曰写楼,其实是写左夏子之"孺慕之至情",文情荡漾,是一首孝子思亲之颂歌。百善孝为先,求忠臣莫如求孝子。表彰孝行是本文的主旨。文章引用左夏子一段真挚而又亲切的话,叙述了与"西山"的关系,交代了左夏子"建小楼,其居之左侧,正望西山",因为"吾亲在西焉"。于是,晨、昏、晓、暮、雨、霁,吾亲之兴、之定、之愁寂、之愉悦,都能瞻望而知之,时时刻刻都在挂念之中,"四时之间,一日之内,西山之气候不齐","触吾怀者亦不一","未能一时去诸怀"。孝子思亲之情洋溢于字里行间,读之令人感动不已。"怀西"者,乃"怀亲"也;"怀西楼"实则"怀亲楼"也。作者妙笔传情,可谓极致也。于是作者宕开一笔,展开议论。作者引用《诗经》诗句:"不遑启处"和"瞻望父兮",说明孝行源远流长,是中华民族的优秀传统,是美德,故孔子曰:"父母在,不远游。"然而古人怀亲因"君国之事,身羁异地"而不得,而左夏子怀亲"居不离阛阓,行不出步武","视寝问膳犹膝下",以至于"侍御公行年八十",享受天伦之乐,确实"宜爱惜"。二者相比,左夏子怀亲则更有"孺慕之至情"。文末结句"夏子之怀,又非寻常瞻依者之可同日语矣",似别有深意,即因怀亲而不仕,表达了左夏子"怀明"之情,意在不言之中,颇值得玩味。

潘 江

潘江(1619—1702),字蜀藻,一字耐翁,别号木厓。明末清初桐城人,古文家、诗人。崇祯二年(1629),补博士弟子员。清顺治年间,奉母命参加科举考试,但"诡得复失"。康熙十八年(1679)举鸿博,以母老年高,不赴任,于是隐居不出。潘江善文工诗,尤以诗称著,方文称"潘子蜀藻诗文为东南之美"。潘江著作繁富,有《木厓集》二十七卷、《木厓续集》二十四卷,而数《龙眠风雅》及续集二种编刊用力最勤,影响最大,其功甚伟。

四门义学记

学校者,先王所以兴贤育才储国家之用者也。岁月浸久,渐即于圮①。虽有贤守令有志兴复,亦勉循故事,因陋就简,补苴其庳败足矣②。宁复有以兴贤育才为心③,既修泮宫④,恢复旧观,而又于泮宫之外广立学舍,敦延师儒,比于古者闾胥族师之设,以分教其乡人子弟者乎?鄂渚邬梦阳先生以名进士筮仕吾桐⑤,其修举废坠诸惠政不可殚述⑥,至于泮宫之修已奕然一新,犹念夫士之窭且贫者,修脯无资⑦,父兄不能教其子弟,虽有可成之材,往往废书而叹。又以斋舍狭隘,不足招致多士,乃于四门之城楼创立义学,延师其中,岁给廪粮。

先是秦贼数围桐⑧,群请祀关侯四门城楼⑨,俾老僧主其香火,冀仗侯灵响⑩,歼兹小丑,登陴之士亦赖以蔽风雨,避炮石焉。承平既久,僧稍稍引去。公曰:"是可更而塾也。"于是门各有学,学各有师。每夜丙宵严街鼓不鸣⑪,万籁俱静,听楼头雒诵之声,如钧天笙璈响彻城内外⑫。使孔子而采风⑬,今日弦歌四闻,莞尔者当不止一笑而已也⑭,江请为之记,公辞焉。

夫以子弟不能得之父兄者,而公为之择良师,捐清俸,使年少向学之士皆得耰锄于诗书之圃⑮,其为功也大矣。又诸生之贫失职者,公廉知其才⑯,籍而登之讲席,勿使糊口于四方。又城守久弛,保无伏莽之奸伺衅而起,今篝灯可以代炬火,咿唔可以当铃柝,虽有不逞之徒销于未萌。是举也,行一事而三善备焉。乌可以无记?公颔之,乃泚笔以告来者⑰,著为令,踵而行之俾勿废⑱。

(选自《木厓文集》卷二)

〔注释〕

① 圮(pǐ):毁坏,坍塌。

② 补苴:补缀。韩愈《进学解》:"补苴罅漏。"

③ 宁:岂,难道。

④泮宫:古代诸侯举行乡射所设的学宫。《诗经·鲁颂·泮水》:"既作泮宫。"

⑤筮(shì)仕:古人出外做官,先占卜问凶吉。此处指出任县令。

⑥殚:尽。

⑦修脯:老师的酬金。

⑧秦贼:指李自成起义军。贼:对起义军的污称。

⑨关侯:指关羽。此处指四门城楼关帝庙。

⑩冀:希望。灵响:神灵。

⑪丙宵:三更,半夜。

⑫钧天:"钧天广乐"的略语,指古代传说中天帝的音乐。唐朝皮日休《上真观》诗:"天钧鸣响亮,天禄行蹒跚。"笙:簧管乐器。璈:古代乐器名。

⑬采风:古代称民歌为"风",搜集民间歌谣为"采风"。

⑭莞尔:微笑貌。

⑮櫌:农具名,形如榔头,用来击碎土块,平整土地。

⑯廉:查访。

⑰泚(cǐ):以笔蘸墨。泚笔:即写文章。

⑱踵:追随,继承。

〔品读〕

　　文章记叙了桐城县令邬梦阳先生兴学育才的事迹。为官一任,造福一方。"兴贤育才储国家之用"是大事。邬梦阳先生"犹念夫士之窭且贫者,修脯无资","虽有可成之材,往往废书而叹",于是"既修泮宫,恢复旧观,而又于泮宫之外广立学舍,敦延师儒","择良师,捐清俸,使年少向学之士皆得櫌锄于诗书之圃",又延聘"诸生之贫失职者","籍而登之讲席,勿使糊口于四方",于是出现了"门各有学,学各有师。每夜丙宵严街鼓不鸣,万籁俱静,听楼头雒诵之声,如钧天笙璈响彻城内外"的新气象。确实难能可贵。

文末作者交代了写此文的目的:"乃泚笔以告来者,著为令,踵而行之俾勿废。"明清时期桐城教育比周边州县发达,尊师重教蔚然成风,桐城派诞生在桐城就得益于教育。时至今日,桐城尊师重教之风尤盛,教育成为桐城一张鲜亮的名片。

姚文然

姚文然(1620—1678),字若侯,一作弱侯,号龙怀,室名虚直轩。明末清初桐城人,崇祯十六年(1643)进士。顺治三年(1646),荐授国史院庶吉士。顺治五年(1648),改礼科给事中,与魏象枢皆以敢言负清望,号称"姚魏"。历官副都御史、刑部侍郎,康熙十五年(1676),擢刑部尚书。性清介,在官屏绝馈遗,清正廉洁,里居几不能自给。精通财务刑律,以文学名。卒谥"端恪"。所撰疏稿、诗文、语录汇为《姚端恪公全集》。

训子篇

张子龄若言归矣①。念诸子幼而离贤师,又予自公无暇,过庭之训阙然②,恐遂堕废,至于不克成立。间有一二诲言,又恐其言逝而忘也。率尔书帙以资观惕③。言之无文无序,固所不计尔。

予小厅前土薄,艰于树木。阶右植一槐,前数年枝叶仅具,落落而已④。至去年忽畅茂,条达青绿,勃然可喜。予每过,辄倚栏睇视,流连而去。因思人家植一树木,尚且望其蕃盛,况父兄之望其子弟乎!种树未必其成阴,而望其生长;养子未必其荣显，而望其成立。

嗟乎！望子之诚，至于当食忘餐，临寝失寐。训以义方，励以愤勉；旁引曲譬，援古道今。唇喉如焚，气竭暂止。瞑目定坐，复理前言。又若嬉佚燕堕⑤，夏楚必加⑥。呼声疾则恐其伤子也，呼声徐则又恐其不足以惩而易犯也。轻不满志，重亦伤心，子痛在体，父痛在心。嗟乎！为人子者，能以父母望子之心为心，敢不勉乎！

心正则志立，志立则气奋。愚可使明，弱可使强。冬可不炉，夏可不扇。山可凿而平，海可汲而竭。天地可通，鬼神可格⑦。故为学者，贵乎立志。为子者，能以父母望子之心为心，则志立矣。

（选自《姚端恪公文集》卷十六）

〔注释〕

① 张子龄若：姚文然延请课其子的教师，姓张名度，字龄若，又字仲友，人称狮崖先生。诗文兼擅，著有《蟋蟀窝诗集》十卷。子：敬称。

② 过庭之训阙然：语出《论语·季氏》："鲤趋而过庭。"是说孔子教育儿子孔鲤的事。后因以"过庭"指受教于父亲。阙：通"缺"。阙然：缺少的样子，不完备的样子。

③ 率：语气助词。率尔：你，你们。《孔子家语·冠颂》："率尔祖考，永永无极，此周公之制也。"书帙：泛指书籍。惕：敬畏，戒惧。

④ 落落:稀疏,零落。

⑤ 嬉:戏乐。佚:放荡,放纵。燕:通"宴",宴饮。堕:通"惰",懈怠。

⑥ 夏楚:用榎木、荆条做成的鞭扑之具,用于责罚。《礼记·学记》:"夏楚二物,收其威也。"郑玄注:"夏,榎也;楚,荆也。二者所以扑挞犯礼者。"

⑦ 格:感通,感动。

〔品读〕

姚文然的家庭被誉为"江南第一善人之家",其子女与邻里相处和谐,为人低调,遇事谦让。这与姚文然对子女的教育是分不开的。《训子篇》凸显了姚文然教子有方,"训以义方,励以愤勉",但他对子女要求并不高,"养子未必其荣显,而望其成立"。所以"间有一二诲言","率尔书帙以资观惕",如书"常觉胸中生意满,须知世上苦人多",让儿子贴在自己书房的墙壁上,时时警惕。他强调"为学者,贵乎立志。为子者,能以父母望子之心为心,则志立矣"。表达了他望子成龙的迫切心情。这也是值得今人学习的。

张　英

张英(1637—1708),字敦复,号梦复、乐圃。清代桐城人,名臣,文学家。家世儒业,幼读经书,过目成诵。康熙六年(1667)进士,选庶吉士。康熙十二年(1673),充日讲起居注官。累迁侍读学士,礼部、兵部侍郎,工部、礼部尚书,文华殿大学士。康熙帝常常召集张英等大臣商讨平叛、治国之策,张英勤恳供职,凡有关民生利弊、四方水旱之情事,皆知无不言。康熙帝对张英的才华、智慧、人品,极为赏识,器重有加,赞誉他"有古大臣之风"。入值南书房后,赐居西安门内,开清代词臣赐居禁城内之先河。康熙四十七年(1708)病逝,赐祭葬加等,谥"文端"。任《渊鉴类函》《政治典训》《平定朔漠方略》总裁,著有《文端集》《聪训斋语》等。

龙眠古文初集序①

桐邑居大江之北,其地介吴、楚。其县治倚龙眠山麓,岭岫绵亘②,百泉奔汇。其山之秀异特出者,则又有二龙、浮渡③、白云诸峰④,雄奇崒崪⑤,峙于境内。平湖百里,潆洄曲折而与之俱。其地灵之结聚,风气之蟠郁⑥,洵江南之奥区也⑦。生斯地者,类多光伟磊落之士⑧,数百年间,名公卿大夫、学人才人,肩背相望⑨。官于朝者,皆能区明风烈⑩,建立事功。或以直谏名,或以经济显,或以文学为时所推重,卓然有所表见,而不苟同于流俗。予初入仕版时⑪,每于岩廊宁会之间⑫,得接见海内耆儒宿老,必召而进之曰:"而桐士也,端重严恪⑬,不近纷华⑭,不迩势利⑮。虽历显仕⑯,登津要⑰,常欿然若韦素者⑱,此桐城诸先正家学也⑲。新进之士,于众中觇其气度,多不问而知其为桐之人。"予志斯语久矣。十余年来,兢兢无敢失坠⑳。

间尝窃叹寓内士大夫家,或一再传而止。吾里多阀阅㉑,先后相望,或十数世,或数百年,蝉联不替㉒。此皆由先达敦硕庞裕之气有以留之㉓,而享之者或未之知也。吾闻先正训子弟读书法,以六经为根源,以诸史为津梁,以先秦、两汉之文为堂奥㉔,以八家为门户,崇尚实学,周通博达,能不为制举业所缚束。涵濡既久㉕,能振笔为古文词者,代有传人。朝堂之文昌明剀直㉖,性理之文深醇奥衍,传记之文条理详赡,酬答赋赠之文温文尔雅。盖由先达之人往往安静恬裕,不汲汲于奔兢进取之途,不汶汶于声华靡丽之物,且幼而知所学习,故其为文皆有根据,不等于朝华而夕落也。呜呼!"惟桑与梓,必恭敬止"㉗,奉先人之杯棬而口泽存焉㉘,敬小物也,况经国之业,不朽之事,是乌可以不传乎哉!

芥须㉙、存斋惧先业之不彰㉚,搜罗评定为若干卷,梓而传之。吾里数百年来之人文阐幽光而发潜曜㉛,甚盛事也。二公之意宁惟是文焉而已乎㉜?俾吾里先正之子若孙,由昔人之文章,追溯其道德、学问、事功、经济、器度、识量,而发其尊祖敬宗之心,启其崇学返古之志。则是编也,又不仅桑梓恭敬之心,杯棬口泽之思而已也。海内之人,平昔仰止先正之音容者,今复得诵习其文章,而因以想像吾里山川、风气、人物、邑居之概,亦于是焉赖之。况今圣天子崇奖文学,纂修前史,是编所载足裨掌故而存国是,可以上佐金匮石室之藏㉝,所关岂渺小也哉?予请假家居,适见是书之成,不敢自掩固陋,敬濡笔而序之㉞。

(选自《笃素堂文集》卷四)

〔注释〕

①《龙眠古文初集》:也称《龙眠古文一集》。成书于清康熙年间,由李雅、何永绍选编。是第一部桐城古文选集。收录了桐城明代至清初九十三位作者三百三十五篇古文作品。该集的编纂,是清代古文首次以地域概念树帜显扬,也是明代至清初桐城古文的一次大梳理,对日后桐城古文的发展,乃至桐城派的形成,产生了重要影响。

② 岭岫:山岭。

③浮渡:即浮山。在今安徽省枞阳县境内。

④白云:即白云岩山。在今安徽省枞阳县境内。

⑤崒嵂:高峻貌。

⑥蟠郁:盘曲郁结。

⑦洵:诚然,实在。奥区:腹地。

⑧磊落:正大光明。

⑨肩背相望:谓相继而起,连续不断。肩背:比喻前人的事迹和声望。

⑩区明:区分明晰。风烈:教化与功业。

⑪仕版:旧指记载官吏名称的簿册。亦借指仕途、官场。

⑫岩廊:高峻的廊庑。这里借指朝廷。宁(zhù):古代正门内两侧屋之间。

⑬端重:端庄稳重。严恪:庄严恭敬。

⑭纷华:繁华富丽。

⑮迩:近。

⑯显仕:高官显宦。

⑰津要:比喻要职。亦比喻身居要职的人。

⑱欿(kǎn)然:不自满、有所欠缺的样子。韦素:韦布素衣,指家世清寒。

⑲先正:亦作"先政"。前代的贤臣。也泛指前代的贤人。家学:家族世代相传之学。

⑳失坠:丧失。

㉑阀阅:祖先有功业的世家、巨室。

㉒蝉联:绵延不断,连续相承。

㉓先达:有德行学问的前辈。敦硕:壮实高大。

㉔堂奥:比喻深奥的义理、深远的意境。

㉕ 涵濡:滋润。
㉖ 剀(kǎi)直:恳切直率。
㉗ 惟桑与梓,必恭敬止:语出《诗经·小雅·小弁》。东汉以来一直以"桑梓"借指故乡或乡亲父老。意谓见到故乡的树木就会联想到是先人手植,因而要满怀敬意地去爱护。
㉘ 杯棬:一种木质的饮器。口泽:谓口饮润泽。
㉙ 芥须:即李雅,字士雅,号芥须。崇祯末贡生,授江西崇文县教谕。晚年筑东皋草堂于东郭外,与友人何永绍编《龙眠古文》二十四卷。
㉚ 存斋:即何永绍,字令远,号存斋。康熙间廪膳生。有《宝树堂集》存世。
㉛ 潜曜:隐去光芒。
㉜ 宁(nìng):难道。
㉝ 金匮石室:古时保存书契文献之处。
㉞ 濡笔:谓蘸笔书写或绘画。

〔品读〕

此文是张英告假归里时,为李雅、何永绍选编的《龙眠古文初集》所作的序文。

张英首先盛赞桐城山川秀美,人文昌盛,在数百年间,"名公卿大夫、学人才人,肩背相望"。为官者,建立事功;为文者,时所推重。以致形成了桐城人特有的"端重严恪,不近纷华,不迩势利"的特质;具有"历显仕,登津要",素若常人的气质雅量。正是在这一特质影响下,桐城许多家族崇礼尚文,重视读书,"或十数世,或数百年,蝉联不替",形成

张 英

后世文坛"人人方姚,家家桐城"的盛况。

张英分析桐城古文兴盛的诸多原因,揭示其真正奥秘:"吾闻先正训子弟读书法,以六经为根源,以诸史为津梁,以先秦、两汉之文为堂奥,以八家为门户,崇尚实学,周通博达,能不为制举业所缚束。"正是这样"涵濡既久",造就桐城"能振笔为古文词者,代有传人"。张英对桐城古文家形成的共同的文学风格、价值取向、思想倾向、美学特征和艺术特色,进行了归纳和总结,彰显了桐城学人文章的独特风貌和古文传统。同时,对桐城文学的发展充满着期待。

戴名世

戴名世(1653—1713),字田有,一字褐夫,号南山,别号忧庵,后世称宋潜虚先生。清代桐城人。一生大部分时间辗转各地,以授徒助幕为生,生活贫困。早年即有志修明史,注意搜求相关史料,同时精心于古文创作。康熙四十八年(1709)中进士,授编修。康熙五十年(1711),"《南山集》案"发,戴名世被逮入狱,康熙五十二年(1713)二月被处死,《南山集》遭禁毁。

戴名世生前与方苞过从甚密,常在一起切磋古文创作,是桐城派先驱之一。对方苞的古文创作和文论的形成,不无影响。戴名世主张古文要立诚有物,率其自然,提倡道、法、辞并重,精、气、神合一。其古文寓雄奇犀利于简洁朴实之中,长于史传、杂文,游记等也颇具特色。今人王树民先生整理有《戴名世集》。

鸟　说

余读书之室,其旁有桂一株焉。桂之上日有声喧喧然者①。即而视之,则二鸟巢于其枝干之间,去地不五六尺,人手能及之。巢大如盏②,精密完固,细草盘结而成。鸟雌一雄一,小不能盈掬③,色明洁,娟皎可爱④,不知其何鸟也。

戴名世

雏且出矣,雌者覆翼之⑤,雄者往取食。每得食,辄息于屋上,不即下。主人戏以手撼其巢,则下瞰而鸣;小撼之小鸣,大撼之即大鸣。手下,鸣乃已。

他日,余从外来,见巢坠于地,觅二鸟及鷇⑥,无有。问之,则某氏僮奴取以去。

嗟乎!以此鸟之羽毛洁而音鸣好也,奚不深山之适而茂林之栖⑦?乃托身非所⑧,见辱于人奴以死,彼其以世路为甚宽也哉⑨?

(选自《戴名世集》卷十五)

〔注释〕

① 喈喈:二鸟和鸣声。
② 盏:指油灯盛油的浅盆。
③ 盈掬(jū):满一捧。掬:量词,相当于"捧"。
④ 娟皎:意谓美丽明洁。
⑤ 覆翼:用羽翼保护,此处引申为养育。
⑥ 鷇(kòu):待哺的幼鸟。
⑦ 奚:何。适:去,往。
⑧ 非所:不应该待的地方。
⑨ 彼其以世路为甚宽也哉:那岂不是把世路看得太宽了吗?

〔品读〕

本文是一篇介乎记事与寓言之间的散文小品。它以简洁的语言、生动的文笔,呈现了一幕鸟类的悲剧。文中的雌雄二鸟选择在作者书斋旁的桂树上安身立命。尽管二鸟为建立自己的小家庭而忙碌奔波,怡然自乐,但是不知只要有人出入其间,随时都有危险降临。先有桂树主人"戏以手撼其巢",严重威胁二鸟一家的生存;后来"余从外来,见巢坠于地,觅二鸟及鷇,无有。问之,则某氏僮奴取以去"。这对小鸟,"小不能盈掬,色明洁,娟皎可爱",与世无争,却与它们的幼雏一起遭受灭顶之灾。诚然,与人类相比,鸟的力量太过弱小,鸟的心灵太过纯朴,以至于身处险境而不知自保,让人不由得叹息哀痛不已。作者最后感叹其"托身非所",以为"世路为甚宽",实际上是不懂世事之险恶,其最终"见辱于人奴以死",便是难以逃脱的宿命。戴名世能于日常生活琐事中洞悉社会人生,却因平生特立独行,不悦世俗,最终成为清代文字狱的牺牲者,与《鸟说》中的鸟落得相同的命运,真正是发人深思而又耐人寻味。

河墅记

江北之山①,蜿蜒磅礴,连亘数州,其奇伟秀丽绝特之区②,皆在吾县③。县治枕山而起④,其外林壑幽深,多有园林池沼之胜。出郭⑤,循山之麓,而西北之间,群山逶迤⑥,溪水潆洄⑦,其中有径焉,樵者之所往来。数折而入,行二三里,水之隈⑧,山之奥⑨,岩石之间,茂树之下,有屋数楹⑩,是为潘氏之墅⑪。余褰裳而入⑫,清池泱其前⑬,高台峙其左,古木环其宅。于是升高而望,平畴苍莽⑭,远山回合,风含松间,响起水上。噫!此羁穷之人⑮,遁世举远之士⑯,所以优游而自乐者也,而吾师木崖先生居之。

夫科目之贵久矣⑰,天下之士莫不奔走而艳羡之,中于膏肓,入于肺腑。群然求出于是,而未必有适于天下之用。其失者,未必其皆不才;其得者,未必其皆才也。上之人患之⑱,于是博搜遍采,以及山林布衣之士,而士又有他途捷得者,往往至大官。先生名满天下三十年,亦尝与诸生旅试于有司⑲。有司者好恶与人殊,往往几得而复失。一旦弃去,专精覃思⑳,尽究百家之书,为文章诗歌以传于世,世莫不知有先生。间者求贤之令屡下㉑,士之得者多矣,而先生犹然山泽之癯㉒,混迹于田夫野老,方且乐而终身,此岂徒然也哉!

小子怀遁世之思久矣,方浮沉世俗之中㉓,未克遂意㉔,过先生之墅而有慕焉,乃为记之。

(选自《戴名世集》卷十)

〔注释〕

① 江北:指长江以北地区。

② 绝特:最为突出。

③ 吾县:指作者的故乡桐城。

④ 县治:县一级政权机关所在地,即县城。枕山:指县城依山而建,如头之在枕。

⑤ 郭:城墙。

⑥ 逶迤(wēi lǐ):连绵曲折。

⑦ 潆洄(yíng huí):水流回旋。

⑧ 隈(wēi):水流弯曲处。

⑨ 奥:深处。

⑩ 楹(yíng):房屋一间为一楹。

⑪ 潘氏:即潘江,字蜀藻,号木厓。戴名世之师,安徽桐城人。明崇祯诸生,清康熙间两举隐逸皆以疾辞,隐居著述以自娱。墅:在郊区或风景区建筑的供休养游玩的馆舍。

⑫ 褰(qiān)裳:提起长袍下摆。

⑬ 洑(fú):流水回旋状。

⑭ 畴:田亩。苍莽:空阔辽远,一望无际。

⑮ 羁穷:穷困不得志。

⑯ 遁世举远之士:避世隐居的人。举:行。

⑰ 科目:唐代以科举取士,有秀才科、明经科、进士科等名目,故称科目。至宋代,分科较少,明清虽仅设进士一科,但仍沿用旧称。

⑱ 上之人患之:指居于上位的人因科举制度的弊端而忧虑。患:忧虑。

⑲ 诸生:清代指已入学的生员。有司:官吏,这里指主考官。

⑳ 覃(tán):深入。

㉑ 间者:近来。

㉒犹然山泽之癯(qú):仍然是隐迹山泽的清贫之士。癯:清瘦。

㉓方:正在,还在。浮沉:随波逐流。

㉔未克遂意:未能如愿。克:能够。遂:顺。

〔品读〕

　　河墅在今桐城市区西北山间,为戴名世之师潘江的居所。潘江是明末清初名震一时的大诗人。他是明末诸生,科场失意后不乐仕进,入清后隐居不出,著述以终。这种不同流俗的高风对当时乃至之后很长时间内的桐城士子产生了深刻的影响。作为潘江的门生,戴名世对其远遁山林、乐而终身的洒脱人生,不无欣羡,但出于主客观多方面因素的影响,戴名世心向往之而不能至,最终还是走向官场尘世,没有成为像潘江那样的避世隐者。

　　本文为了彰显潘江清逸的人生追求,开篇便以极为传神明丽的文字,描写河墅风光之美、环境之幽,"平畴苍莽,远山回合,风含松间,响起水上"数语,更是有声有色,河墅主人高尚的人品在如此优美环境的衬托下,更显得不同于流俗。联系到潘江名满天下三十年,数应科举而不售,亦可见科举制度的弊端,"其失者,未必其皆不才;其得者,未必其皆才也"。作者对科举制度的抨击,固然出于对潘江怀才不遇、"混迹于田夫野老"命运的思考,更与他坎坷不平的科举经历密切相关。说到底,戴名世终究不能做到遗世而独立,他的俗世之累还是太多,始终无法摆脱。

方　苞

方苞(1668—1749),字凤九,号灵皋,晚号望溪。清代桐城人。康熙四十五年(1706),应礼部试,位列第四。康熙五十年(1711),戴名世《南山集》案发,方苞因为该书作序,牵连下狱。康熙五十二年(1713),在李光地等人的积极营救下,康熙帝下"戴名世案内,方苞学问,天下莫不闻"之旨,让方苞以旗籍入值南书房。乾隆元年(1736),擢内阁学士兼礼部侍郎,充文颖馆、经史馆、三礼馆总裁。乾隆七年(1742),辞官归里。

方苞从少年时开始学习经史,后治经尤勤,这对其古文创作产生很大的影响。他尊崇程、朱理学和韩、欧散文,提出"义法"说,为文主张"言有物""言有序",为桐城派文学创作理论的形成奠定了基础。所作古文重雅洁,讲法度。被后世尊称为桐城派创始人之一。著有《方望溪先生全集》《周官析疑》《春秋通论》《丧礼或问》等;所编《古文约选》,成为官学钦定教材。《清史稿》《清史列传》有传。

送王箬林南归序

余与箬林交益笃①,在辛卯、壬辰间②。前此,箬林家金坛,余居江宁,率历岁始得一会合③。至是,余以《南山集》牵连系刑部狱④,而箬林赴公车⑤,间一二日必入视余。每朝餐罢,负手步阶除⑥,则箬林推户而入矣。至则解衣盘薄⑦,咨经诹史⑧,旁若无人。同系者或厌苦,讽余曰:"君纵忘此地为囹圄⑨,身负死刑,奈旁观者姗笑何?"然箬林至,则不能遽归⑩,余亦不能畏訾謷而闭所欲言也。

余出狱,编旗籍⑪,寓居海淀。箬林官翰林,每以事入城,则馆其家⑫。海淀距城往返近六十里,而使问朝夕通,事无细大,必以关忧喜相闻。每阅月逾时⑬,检箬林手书,必寸余。

戊戌春⑭,忽告余:"归有日矣。"余乍闻,心怵惕⑮,若暝行驻乎虚空之径⑯,四望而无所归也。箬林曰:"子毋然。吾非不知吾归,子无所向,而今不能复顾子。且子为吾计,亦岂宜阻吾行哉?"箬林之归也,秋以为期⑰,而余仲夏出塞门,数附书问息耗而未得也⑱。今兹其果归乎?吾知箬林抵旧乡,春秋佳日,与亲懿游好徜徉山水间⑲,酣嬉自适,忽念平生故人,有衰疾远隔幽、燕者,必为北乡惘然而不乐也。

(选自《方苞集》卷七)

〔注释〕

① 笃:深厚。
② 辛卯:即康熙五十年(1711)。是年,方苞因《南山集》案牵连入狱。壬辰:即康熙五十一年(1712)。

③率:大概,通常。

④系:拘囚。

⑤公车:汉代以公家车马送应举者,后世即以"公车"为入京应试之代称。

⑥负手:反背着手。除:台阶。

⑦盘薄:盘腿而坐。

⑧咨(zī):商讨。诹(zōu):询问。

⑨圜土:监狱。

⑩遽:立即。

⑪编旗籍:清代对犯人的一种处罚,即把释放犯人的户籍编入军队,加以管制。方苞出狱后,家族几十口人,均遣送北京编入旗籍。

⑫馆:接待宾客居住的房屋。

⑬阅月:经过一个月。

⑭戊戌:即康熙五十七年(1718)。

⑮忡(chōng)惕:忧虑不安。

⑯暝行:夜行。驻:停留。

⑰期:一定的时日,期限。

⑱息耗:消息。

⑲亲懿:至亲。游好:交游的好友。

〔品读〕

王箬(ruò)林,一作王若霖,江苏金坛(今江苏省常州市金坛区)人,为方苞挚友。作者在文中写自己与王箬林的友情,特别是在蒙难之时,王箬林不仅不逃避,反而"交益笃",凸显王箬林的正直品格。末节写王箬林离京时自己的情绪,在依恋中流露出一种深沉的孤寂之感。方苞因《南山集》案而牵连入狱,在处理《南山集》案中,康熙帝显示出"惜才"之心,免除方苞死罪,还让其侍值南书房,可谓"因祸得福"。《南山集》案后,方苞仍然生活在极度恐惧之中,常常想起自己是一介书生,且有罪在身。在此心境之下,挚友远别,在羡慕友人"酣嬉自适"之时,心中难免"惘然而不乐"。全文情真意切,字字珠玑,极富感染力。

左忠毅公逸事①

先君子尝言②:乡先辈左忠毅公视学京畿③,一日,风雪严寒,从数骑出,微行入古寺④,庑下一生伏案卧⑤,文方成草⑥,公阅毕,即解貂覆生⑦,为掩户。叩之寺僧,则史公可法也⑧。及试⑨,吏呼名至史公,公瞿然注视⑩;呈卷,即面署第一。召入,使拜夫人,曰:"吾诸儿碌碌⑪,他日继吾志事,惟此生耳。"

及左公下厂狱⑫,史朝夕狱门外,逆阉防伺甚严⑬,虽家仆不得近。久之,闻左公被炮烙⑭,旦夕且死;持五十金,涕泣谋于禁卒⑮,卒感焉。一日,使史更敝衣草屦⑯,背筐,手长镵⑰,为除不洁者⑱。引入,微指左公处。则席地倚墙而坐,面额焦烂不可辨,左膝以下,筋骨尽脱矣。史前跪,抱公膝而呜咽。公辨其声而目不可开,乃奋臂以指拨眦⑲,目光如炬,怒曰:"庸奴!此何地也?而汝来前。国家之事,糜烂至此,老夫已矣,汝复轻身而昧大义,天下事谁可支拄者？不速去,无俟奸人构陷㉑,吾今即扑杀汝！"因摸地上刑械,作投击势。史噤不敢发声㉑,趋而出。后常流涕述其事,以语人曰:"吾师肺肝,皆铁石所铸造也！"

崇祯末,流贼张献忠出没蕲、黄、潜、桐间㉒,史公以凤庐道奉檄守御㉓。每有警,辄数月不就寝,使将士更休㉔,而自坐幄幕外,择健卒十人,令二人蹲踞而背倚之,漏鼓移㉕,则番代㉖。每寒夜起立,振衣裳,甲上冰霜迸落,铿然有声。或劝以少休,公曰:"吾上恐负朝廷,下恐愧吾师也。"

史公治兵,往来桐城,必躬造左公第㉗,候太公、太母起居,拜夫人于堂上。

余宗老涂山㉘,左公甥也,与先君子善,谓狱中语乃亲得之于史公云。

(选自《方苞集》卷九)

〔注释〕

① 左忠毅公:即左光斗(1575—1625),字遗直,号浮丘,安徽桐城人,明末东林党成员。万历三十五年(1607)进士,官至左佥都御史。天启四年(1624),因参与弹劾魏忠贤,遭陷害下狱,死于狱中。崇祯初,魏忠贤党败,追谥"忠毅"。其墓在今桐城市吕亭镇。

方　苞

② 先君子:作者称已故的父亲方仲舒。

③ 视学京畿:指万历四十八年(1620)左光斗曾任畿辅学政。视学:视察学务。京畿:国都及其附近的地方。

④ 微行:古代帝王或官吏穿上平民服装,隐藏身份出行。

⑤ 庑(wǔ):正堂下的厢房。

⑥ 成草:拟成草稿。

⑦ 貂(diāo):貂皮衣。覆:盖。

⑧ 史公可法:即史可法(1602—1645),字宪之,号道邻,河南祥符(今河南省开封市)人。崇祯元年(1628)进士。初任西安府推官(掌勘问刑狱),累迁右佥都御史,后升南京兵部尚书。明亡后拥立福王,加东阁大学士。因马士英等排挤,以督师为名,使守扬州。清军南下,坚决抵抗,城破,自杀未遂,被俘遇害。

⑨ 及试:等到考试时。

⑩ 瞿(qú)然:惊视的样子。

⑪ 碌碌:平庸的样子。

⑫ 厂狱:明代东厂的监狱。明成祖朱棣为加强专制统治,于永乐十八年(1420)设东厂,由宦官主持,主要是对大小官吏进行侦缉搜捕活动。

⑬ 逆阉:指太监魏忠贤一党。明天启时,太监魏忠贤专权,结党营私,残害忠良。崇祯帝即位后,严查阉党,定为"逆案",故后世又称魏忠贤党为"逆阉"。防伺:防备。

⑭ 炮烙(páo luò):古代的一种酷刑,把铜柱烧热,烙人皮肉。

⑮ 禁卒:狱吏。

⑯ 屦(jù):古时用麻、葛等制成的鞋。

⑰ 手:作动词用,拿、执。镵(chán):铁铲一类的工具。

⑱ 除不洁者:清洁工。

⑲ 眦(zì):眼眶。

⑳ 俟:等。构陷:罗织罪名加以陷害。

㉑ 噤(jìn):闭口不言。

㉒ 张献忠(1606—1647):明末农民起义军主要领袖之一。农民军没有巩固的根据地,常进行流动性的军事行动,故被贬称为"流贼"或"流寇"。蕲(qí):今湖北省蕲春县。黄:今湖北省黄冈市。潜:今安徽省潜山市。桐:今安徽省桐城市。

㉓ 凤:凤阳府,府治在今安徽省凤阳县。庐:庐州府,府治在今安徽省合肥市。道:道员。明代分一省为若干道,作为监察区,道通常辖几个府,设道员为一道之长。

㉔ 更休:轮番休息。

㉕ 漏鼓:古代滴水计时的器具叫"漏",泛指时间。一夜分为五更,每更击鼓报时叫"漏鼓"。移:漏鼓所报时间的推移变化。

㉖ 番代:轮番替代。

㉗ 躬造:亲自造访。第:府第。

㉘ 宗老:在世的同族中辈分最高者。涂山:方苞族祖方文,字尔止,号涂山。

〔品读〕

作者用小说技法写散文,情节曲折生动,富有极强的感染力。一是作者通过叙述左光斗与史可法的关系,刻画出其知人之明及与阉党恶势力斗争的刚毅品格,展现了以左光斗为代表的明末士大夫与阉党作斗争的爱国精神。二是通过左光斗与史可法几次亲密接触,再现师生之谊和左光斗的爱才、护才、惜才之心,生动感人。三是人物描写主宾互见,但无主宾之别。文中以左光斗为主,以史可法为宾,在突出左光斗疾恶如仇、爱才心切的高大形象时,史可法的形象也被淋漓尽致地展现出来。四是言简意赅,生动传神,体现了作者重义法、求雅洁的风格和高超的文字驾驭能力。

狱中杂记

康熙五十一年三月,余在刑部狱①,见死而由窦出者②,日四三人。有洪洞令杜君者③,作而言曰④:"此疫作也⑤。今天时顺正,死者尚希⑥,往岁多至日十数人。"余叩所以,杜君曰:"是疾易传染,遘者虽戚属,不敢同卧起;而狱中为老监者四⑦,监五室;禁卒居中央,牖其前以通明⑧,屋极有窗以达气⑨;旁四室则无之,而系囚常二百余。每薄暮下管键⑩,矢溺皆闭其中⑪,与饮食之气相薄⑫;又隆冬,贫者席地而卧,春气动,鲜不疫矣。狱中成法⑬,质明启钥⑭。方夜中,生人与死者并踵顶而卧⑮,无可旋避⑯,此所以染者众也。又可怪者,大盗积贼⑰,杀人重囚,气杰旺⑱,染此者十不一二,或随有瘳⑲。其骈死皆轻系及牵连佐证法所不及者⑳。"

余曰:"京师有京兆狱㉑,有五城御史司坊㉒,何故刑部系囚之多至此?"杜君曰:"迩年狱讼㉓,情稍重,京兆、五城即不敢专决;又九门提督所访缉纠诘皆归刑部㉔;而十四司正副郎好事者㉕,及书吏㉖、狱官、禁卒,皆利系者之多,少有连㉗,必多方钩致㉘。苟入狱,不问罪之有无,必械手足㉙,置老监,俾困苦不可忍,然后导以取保,出居于外,量其家之所有以为剂㉚,而官与吏剖分焉。中家以上,皆竭资取保;其次,求脱械,居监外板屋,费亦数十金;惟极贫无依,则械系不稍宽,为标准以警其余。或同系,情罪重者,反出在外;而轻者、无罪者罹其毒㉛,积忧愤,寝食违节,及病又无医药,故往往至死。"

余伏见圣上好生之德㉜,同于往圣,每质狱辞㉝,必于死中求其生,而无辜者乃至此。傥仁人君子为上昌言㉞:"除死刑及发塞外重犯,其轻系及牵连未结正者㉟,别置一所以羁之,手足毋械。所全活可数计哉!"或曰:"狱旧有室五,名曰现监,讼而未结正者居之。傥举旧典,可小补也。"杜君曰:"上推恩㊱,凡职官居板屋㊲。今贫者转系老监,而大盗有居板屋者,此中可细诘哉! 不若别置一所,为拔本塞源之道也㊳。"余同系朱翁、余生及在狱同官僧某㊴,遘疫死,皆不应重罚。又某氏以不孝讼其子,左右邻械系入老监,号呼达旦。余感焉,以杜君言泛讯之㊵,众言同,于是乎书㊶。

凡死刑狱上,行刑者先俟于门外,使其党入索财物,名曰"斯罗",富者就其戚属,贫则面语之。其极刑㊷,曰:"顺我,即先刺心;否则,四支解尽,心犹不死。"其绞缢,曰:"顺我,始缢即气绝;否则,三缢加别械,然后得死。"惟大辟无可要㊸,然犹质其首㊹。用此,富者赂数十百金,贫亦罄衣装㊺;绝无有者,则治之如所言。主缚者亦然㊻,不如所欲,缚时即先折筋骨。每岁大决㊼,勾者十四三,留者十六七,皆缚至西市待命㊽。其伤于缚者,即幸留,病数月乃瘳,或竟成痼疾㊾。余尝就老胥而问焉㊿:"彼于刑者、缚者,非相仇也,期有得耳;果无有,终亦稍宽之,非仁术乎㉛?"曰:"是立法以警其余㉜,且惩后也。不如此,则人有幸心。"主梏扑者亦然㉝。余同逮以木讯者三人㉞:一人予二十金,骨微伤,病间月;一人倍之,伤肤,兼旬愈;一人六倍,即夕行步如平常。或叩之曰:"罪人有无不均,既各有得,何必更以多寡为差?"曰:"无差,谁为多与者?"孟子曰:"术不可不慎㉟。"信夫!

部中老胥,家藏伪章㊱,文书下行直省㊲,多潜易之,增减要语,奉行者莫辨也。其上闻及移关诸部㊳,犹未敢然。功令㊴:大盗未杀人,及他犯同谋多人者,止主谋一二人立决;余经秋审⁶⁰,皆减等发配。狱辞上,中有立决者,行刑人先俟于门外。命下,遂缚以出,不羁晷刻⁶¹。有某姓兄弟,以把持公仓,法应立决,狱具矣⁶²,胥某谓曰:"予我千金,吾生若。"叩其术,曰:"是无难!别具本章⁶³,狱辞无易,取案末独身无亲戚者二人易汝名⁶⁴,俟封奏时,潜易之而已。"其同事者曰:"是可欺死者,而不能欺主谳者⁶⁵。倘复请之⁶⁶,吾辈无生理矣。"胥某笑曰:"复请之,吾辈无生理,而主谳者亦各罢去。彼不能以二人之命易其官,则吾辈终无死道也。"竟行之,案末二人立决。主者口呿舌挢⁶⁷,终不敢诘。余在狱,犹见某姓,狱中人群指曰:"是以某某易其首者。"胥某一夕暴卒,众皆以为冥谪云⁶⁸。

凡杀人,狱辞无谋故者⁶⁹,经秋审入矜疑⁷⁰,即免死。吏因以巧法⁷¹。有郭四者,凡四杀人,复以矜疑减等,随遇赦。将出,日与其徒置酒,酣歌达曙。或叩以往事,一一详述之,意色扬扬,若自矜诩⁷²。噫!溉恶吏忍于鬻狱⁷³,无责也;而道之不明,良吏亦多以脱人于死为功而不求其情⁷⁴。其枉民也,亦甚矣哉!

奸民久于狱,与胥卒表里,颇有奇羡⁷⁵。山阴李姓⁷⁶,以杀人系狱,每岁致数百金⁷⁷。康熙四十八年,以赦出,居数月,漠然无所事。其乡人有杀人者,因代承之㊅。盖以律非故杀,必久系,终无死法也。五十一年,复援赦减等谪戍㊆,叹曰:"吾不得复入此矣!"故例:谪戍者移顺天府羁候㊇。时方冬,停遣。李具状㉛,求在狱候春发遣,至再三,不得所请,怅然而出㉜。

(选自《方苞集·集外文》卷六)

〔注释〕

① 刑部狱:清代刑部设的监狱,即当时的中央监狱。方苞因《南山集》案,在刑部狱监禁了近两年。

② 窦(dòu):孔穴,此处指监狱墙上开的小门。

③ 洪洞(tóng):今山西省洪洞县。

④ 作:起立。

⑤ 疫作:瘟疫发生。

⑥ 希:通"稀",少的意思。

⑦ 老监:旧牢房。

⑧ 牖(yǒu):窗户。这里作动词用,开窗的意思。

⑨ 屋极:屋顶。

⑩ 管键:锁。

⑪ 矢溺:屎尿。矢:通"屎"。溺(niào):通"尿"。

⑫ 相薄:相侵,互相混杂。

⑬ 成法:既定之法。

⑭ 质明:天刚亮的时候。启钥:开锁。

⑮ 并踵(zhǒng)顶:并排。踵:脚后跟。顶:头顶。

⑯ 旋避:躲避。

⑰ 积贼:惯盗。

⑱ 杰旺:强悍旺盛。

⑲ 瘳(chōu):病愈。

⑳ 骈:并列。佐证:证人。

㉑ 京兆狱:京兆府设的地方监狱。古时以京畿地区为京兆郡或京兆府,明清时称顺天府,辖区以北京为中心,府治有时设在大兴,有时设在宛平。

㉒ 五城御史司坊:五城御史设置的监狱。清代北京城内分东、西、南、北、中五个街区,各设置巡查御史,负责治安事项。

㉓ 迩(ěr)年:近年。狱讼:诉讼案件。

㉔ 九门提督:清代设置的驻京武官,掌管京师正阳、崇文、宣武、安定、德胜、东直、西直、朝阳、阜成等九座城门的守卫事务,由满族亲信大臣兼任。

㉕ 十四司正副郎:清初刑部设十四司,各司长官称郎中,由满族人充任;副长官为员外郎,由汉族人充任。郎中及员外郎统称郎官。

㉖ 书吏:清代各官署办事人员的总称。

㉗ 少有连:稍微有点牵连。

㉘ 钩致:串通勾结。

㉙ 械:镣铐类刑具。这里用作动词,铐起来的意思。

㉚ 剂:尺度,指要多要少。

㉛ 罹(lí):遭遇。

㉜ 伏见:看到。伏:敬辞,多在动词前用"伏"字,古时臣对君奏言多用之,如"伏闻""伏见""伏惟"等。圣上:对皇帝的敬称,这里指康熙皇帝。

㉝ 质:询问。

㉞ 昌言:直言而无所忌讳。

㉟ 结正:结案。

㊱ 推恩:推爱,以己所爱,推及他人。

㊲ 职官:指犯罪的官员。

㊳ 拔本塞源:拔除根本,堵塞源头。这里指除去监狱中的流弊。

㊴ 朱翁:不详。余生:即余湛,字石民,安徽舒城人,戴名世的学生。僧某:僧为姓,不详何人。

㊵ 泛讯:广泛讯问。

㊶ 书:记下来。

㊷ 极刑:即凌迟,古代最残酷的一种死刑。行刑时先割去肢体,然后断喉致死。此刑起于五代,元、明、清皆沿用之。

㊸ 大辟:斩首。

㊹ 质其首:以人头来勒索财物。

㊺ 罄(qìng):尽,空。

㊻ 主缚者:负责捆绑犯人的人。

㊼ 大决:即秋决。每年秋初刑部将死刑犯名单上报,由皇帝决定是否施行。凡在名单中勾掉的,立即执行,称"予勾";凡未勾掉的则暂缓执行,称"免勾"。

㊽ 西市:清代京城内处决犯人的刑场,在今北京市宣武区菜市口一带。

㊾ 痼(gù)疾:久治不愈的疾病。

㊿ 胥:胥吏,古代在衙门中办理文书等事项的下等官吏。

(51) 仁术:孟子主张施行"仁政"时,提出"仁术"(见《孟子·梁惠王上》),意为施行仁政所应采取的办法、措施。

㊾ 立法：立下规矩。
㊼ 梏(gù)：古代木制的手铐。扑：鞭打。
㊺ 同逮：同案被捕。木讯：用板或用夹棍之类的木质刑具，迫使招供。
㊻ 术不可不慎：见《孟子·公孙丑上》，意为选择谋生的手段一定要慎重。这里意为这些狱吏勒索财物的手段太残忍，不合乎仁政。
㊽ 伪章：伪造的官印。
㊾ 直省：即各省。因各省均直属中央管辖，故称。
㊿ 上闻：上报。移关：平行机构之间的来往公文。
㊾ 功令：政府的法令。
㊿ 秋审：古代复审死刑案件的制度。每年初秋，京师及各省将已判未决的死刑案件上报刑部，由刑部会同九卿审核，然后上报皇帝裁决。
㊶ 不羁晷(guǐ)刻：不耽误片刻。羁：停留。晷：日影，指时间。
㊷ 具：准备，备办。
㊸ 本章：上呈皇帝的奏章。
㊹ 案末：指同案中名字列在后面的犯人。
㊺ 主谳(yàn)者：主持审判定案的官员。谳：审判定案。
㊻ 复请：发现问题请求重新审判。
㊼ 口呿(qù)舌挢(jiǎo)：张口结舌。口呿：张口不能言。舌挢：舌条抬起。形容惊异的样子。
㊽ 冥谪：迷信说法认为人活着时犯了大罪，死后到阴间会受到惩罚。
㊾ 无谋故者：不是预谋或故意杀人的。

方　苞

⑩矜疑:古时司法用语,意为当犯人罪有可怀疑之处,可以宽免。刑部秋审时,把各种死刑案件分为情实、缓决、可矜、可疑四类,后两类可减等处理或宽免。矜:怜悯,同情。

⑪巧法:意为钻法律的空子。

⑫矜诩(xǔ):夸耀。

⑬渫(xiè)恶吏:贪官污吏。渫:污浊。鬻(yù)狱:贪赃枉法。

⑭情:真实的情况。

⑮奇(jī)羡:盈余,多余。

⑯山阴:即今浙江省绍兴市。

⑰致:得到。

⑱代承:代为承担罪行。

⑲援:援引,根据。谪戍:充军发配。

⑳羁候:关押待命。

㉑具状:写呈文。

㉒怅然:失意的样子。

〔品读〕

作者于康熙五十年(1711),因《南山集》案牵连入狱,在狱中被监禁近两年,在耳闻目睹狱中黑暗与残酷之后,撰写此文。学界对此文写作时间有两种观点:一是认为康熙五十一年(1712)作者狱中所作;二是认为作者出狱后的追忆之作。后者应符合实情。不论写于何年,都足显作者的勇气是难能可贵的。

本文围绕监狱之弊展开叙述,多而不杂,井然有序,结构合理,引人入胜。全文分为三大部分:第一部分描述刑部监狱的恶劣环境与无序管理,导致疫疾流行,死者无数,而狱吏更想方设法敲诈勒索,手段残暴,尽显监狱中的黑暗。第二部分写掌管犯人生死大权的一批人,刁滑强横,缺乏人性,尽显凶残和奸邪。第三部分讲胥吏胆大妄为,伪造、偷改文书,无恶不作,无法无天,其丑恶行径,令人发指。

此文是一篇讲"义法"、求"雅洁"的典范之文。文章之意蕴和主题通过耳闻目睹的事实叙述并呈现出来,在生动描述中,常有总结性的点睛之笔,如"于是乎书""术不可不慎"等,蕴含着深刻的寓意,这也是桐城派文章的一大特点。

再至浮山记①

昔吾友未生、北固在京师数言白云、浮渡之胜②,相期筑室课耕于此。康熙己丑③,余至浮山,二君子犹未归,独与宗六上人游④。每天气澄清,步山下,岩影倒入方池;及月初出,坐华严寺门庑,望最高峰之出木末者⑤,心融神释⑥,莫可名状。将行,宗六谓余曰:"兹山之胜,吾身所历,殆未有也。然有患焉:方春时,士女杂至⑦。吾常闭特室⑧,外键以避之⑨。夫山而名,尚为游者所败坏若此。"辛卯冬⑩,《南山集》祸作,余牵连被逮,窃自恨曰:"是宗六所谓也⑪!"

又十有二年,雍正甲辰⑫,始荷圣恩给假归葬⑬。

方　苞

八月上旬至枞阳,卜日奉大父柩改葬江宁⑭,因展先墓在桐者⑮。时未生已死,其子移居东乡。将往哭,而取道白云以返于枞。至浮山,计日已迫,乃为一昔之期⑯,招未生子秀起会于宗六之居,而遂行。

白云去浮山三十里,道曲艰,遇阴雨辄不达,又无僧舍旅庐可托宿,故余再欲往观而未能。既与宗六别,忽忆其前者之言为不必然。盖路远处幽而游者无所取资,则其迹自希,不系乎山之名不名也。既而思楚、蜀、百粤间⑰,与永、柳之山比胜而人莫知者众矣⑱;惟子厚所经⑲,则游者亦浮慕焉⑳。今白云之游者,特不若浮渡之杂然耳。既为众所指目,徒以路远处幽,无所取资,而幸至者之希,则曷若一无闻焉者㉑,为能常保其清淑之气,而无游者猝至之患哉㉒!然则宗六之言盖终无以易也㉓。

余之再至浮山,非游也,无可记者,而斯言之义则不可没,故总前后情事而并识之。

(选自《方苞集》卷十四)

〔注释〕

① 浮山:又名浮度山、浮渡山,在今安徽省枞阳县境内,有奇峰七十二,明清时为桐城之名胜。
② 未生:即左待,字未生,安徽桐城人,方苞好友。北固:即刘北固,字辉祖,安徽怀宁人,方苞好友。白云:即白云岩

山。在今安徽省枞阳县境内,为当地名胜之一。

③ 康熙己丑:即康熙四十八年(1709)。

④ 宗六上人:名叫宗六的和尚。上人:对僧人的尊称。

⑤ 木末:树梢。

⑥ 心融神释:心神完全融汇于优美的自然景色之中。

⑦ 士女:男女。

⑧ 特室:独室。《庄子·在宥》:"黄帝退,捐天下,筑特室,席白茅,闲居三月。"

⑨ 外键:锁上外门。

⑩ 辛卯:即康熙五十年(1711)。

⑪ 是宗六所谓也:意为自己有文名,为《南山集》作序,结果被牵连下狱,这跟宗六和尚所说的山有名则易遭败坏的道理相当。

⑫ 雍正甲辰:即雍正二年(1724)。

⑬ 始荷圣恩给假归葬:方苞在康熙五十二年(1713)出狱后,族人被迫入旗籍,羁留北京,不得回乡。雍正帝即位后,特赦方苞族人归籍,雍正二年(1724),又给假一年,准其回乡办理先人坟墓迁葬等事。

⑭ 卜日:选择吉日。

⑮ 展:察看。

⑯ 一昔:一夜。

⑰ 百粤:即百越,秦汉以前散居于长江中下游以南的部族繁多的越族。此处指古越族所在的地区。

⑱ 永:永州,治所在湖南省永州市零陵区。柳:柳州,治所在今广西壮族自治区柳州市。比胜:并胜。指上述楚、蜀、百粤地区的山水与永州、柳州的山水并胜。

方　苞

⑲ 子厚:即柳宗元,字子厚,唐代文学家,河东解县(今山西省运城市解州镇)人。柳宗元因遭宦官贵族集团打击排斥,曾被贬为永州司马,后又为柳州刺史。柳宗元曾以永州、柳州山水为内容写过不少著名的游记,这些山水因柳宗元的游记而闻名于世。

⑳ 浮慕:虚慕。意为一些人并非真的对永州、柳州的山水有切实的感受,只是因为它们曾为名人所游赏而慕名往游。

㉑ 曷若:何如。

㉒ 猝至:突然而至。

㉓ 无以易:无法更改。意为宗六和尚所言,自有其道理。

〔品读〕

　　方苞的记游散文不多,文集中仅有数篇。这些作品,一般都不单纯写景,而常借景抒怀,表现他对人生的理解。写景中常兼发议论。在这一点上,与戴名世的某些记游散文有类似之处。

　　此文借写游浮山发了一通名山因其胜而反被败坏的感慨,文中流露出自己在《南山集》案中的遭遇,可见其感慨其实不在名胜,而在人生,说明《南山集》案对方苞来说,是永远抹不去的阴影。

张廷玉

张廷玉(1672—1755),字衡臣,号砚斋。清代桐城人,张英次子。康熙三十九年(1700)进士,授检讨,入值南书房。历任侍讲学士、内阁学士。康熙五十九年(1720),授刑部侍郎,旋转任吏部。雍正元年(1723),升礼部尚书,为诸皇子师,加太子太保。雍正四年(1726),授文渊阁大学士。雍正六年(1728),为保和殿大学士兼吏部尚书。雍正八年(1730),受命为军机大臣。历任《三朝实录》《玉牒》《会典》《治河方略》《明史》总裁官。历康、雍、乾三朝,居官五十年,处置军国大政不计其数。雍正遗诏配享太庙,成为终清一代唯一享受此殊荣的汉族大臣。著有《澄怀园全集》《传经堂集》《焚余集》等。

良弼桥记

秋七月,里门书来①,知东门石桥于六月讫功②,行旅往来称便,予心喜之。

吾邑沿山溪为城,城之东门为七省孔道,而大溪当其冲,旧有石桥,倾毁近百年矣。自康熙戊申,邑令胡公建木桥以利涉③,每山水大至,桥辄坏。凡樵苏之出入城市④,及驿使、宦游、商贾之有事于江楚闽粤者，往往阻绝不得渡。予为诸生时，见而心伤之，蓄愿作石桥以利行人，顾工费浩繁，力有未逮，徒时时往来胸臆间。

雍正十一年⑤，蒙世宗宪皇帝念先太傅文端公旧学积勋⑥，命祀于京师之贤良祠，又赐祭于本籍，命廷玉归里躬襄祀典⑦，复赐万金为祠祀费。恩隆礼重，无与为比。祠事既毕，尚余赐金之半，因念所以广君恩，惠行旅，而慰夙愿者，莫若东门之桥矣。乃嘱弟、侄、外甥辈经理其事，并择方外之人精修苦行及仆之服勤向义者⑧，赞襄之。

今阅来书云：从前之桥所以易毁者，由溪身悉淤沙积砾，橛下不得深⑨，每雨猛蛟起，辄随波以逝。今则掘沙见土，深入地中丈许，悉以橛衔巨石奠其底，上建石矶六，矶垒石为层，铸铁轴以键。上下石交处，又为铁链以合之⑩，并融树汁米沈⑪，杂黄壤白垩⑫，以实其罅⑬。桥身长十五丈，广一丈五尺，左右周以石栏，东西建二亭，以憩民之避风雨、施茗浆者⑭。溪之两涯垒巨石为岸，高一丈，西长十有六丈，东长八丈，用御水冲兼以卫桥。经始于雍正乙卯年正月⑮，落成于乾隆丁巳年六月⑯，为期三年，为费六千三百。里人乐之，名桥曰："良弼。"盖取世宗皇帝赐书"调梅良弼"之额⑰，以为予功。

予念非圣主恩赐之便蕃⑱,则费无所资;非先太傅之崇祀,则予无由经始;非亲族子弟暨在工之人同心共力,则桥未易成,即成亦未必其坚致若此。今既讫功,而独归美于予,予实赧焉⑲。因记一时之好善乐施、鸠工庀材之人⑳,以见兹桥之成,非予一人之力也。其相度形势、筹画机宜㉑、总司工费者,则吾弟廷珖,吾侄若潭、若霈、若泌、若霍,侄孙曾启、外甥姚孔铜也。指示匠作,劝课工程,三年如一日者,则僧昆山、秀峰也。不避寒暑,奔走督察,俾各工踊跃趋事,克期告竣者㉒,则吴兴老仆詹大、吾家世仆方大之力居多。既成,而吾侄若震又立四石柱于上流,以杀水势㉓。吾姊姚太恭人及吾侄妇姚恭人共捐千金,沿溪筑堤,以卫民居,是又好行其德而为兹桥计久远之美意也。爰详为之书㉔。

(选自《澄怀园文存》卷十)

〔注释〕

① 里门:闾里的门。古代同里的人家聚居一处,设有里门。

② 讫功:亦作"讫工",完工,竣事。

③ 胡公:指时任桐城县令胡必选,湖北孝感人。顺治十六年(1659)进士。任内曾主修康熙《桐城县志》。

④ 樵苏:砍柴割草的人。

⑤ 雍正十一年:即1733年。

⑥ 世宗宪皇帝：即雍正皇帝。太傅：官名。明清时则为赠官，加衔之用，并无实职。文端公：指张廷玉父亲张英，谥"文端"，故称。旧学：指旧时我国学者所钻研的义理、考据、辞章等学。积勋：累积的功劳。

⑦ 躬襄（xiāng）：亲自完成。襄：完成。

⑧ 方外之人：指不涉尘世或不拘世俗礼法的人，多指僧、道、隐者。服勤：谓服持职事勤劳。向义：归附正义。

⑨ 橛（jué）：木桩。

⑩ 铁铤：用铁熔铸成固定形状的条块。

⑪ 米沈（shěn）：米汁。

⑫ 黄壤：黄土。白垩（è）：白色疏松土状的石灰岩，质软而轻。

⑬ 罅（xià）：缝隙。

⑭ 茗：指用茶叶泡制、烹制或煎制的饮料。浆：古代一种酿制的微酸的饮料。

⑮ 雍正乙卯年：即雍正十三年（1735）。

⑯ 乾隆丁巳年：即乾隆二年（1737）。

⑰ 调梅良弼：雍正七年（1729）七月十一日，雍正帝赐张廷玉"调梅良弼"匾额，旨在表扬张廷玉是优秀的辅佐大臣。调梅：用盐梅调味，使食物味美。喻指宰相执掌政柄，治理国家。梅：味酸，古代调味品。良弼：犹良佐，贤能的辅佐者。

⑱ 便蕃：亦作"便烦""便繁"，频繁，屡次。

⑲ 赧（nǎn）：因羞愧而脸红。

⑳ 鸠（jiū）工庀（pǐ）材：招聚工匠，筹集材料，指土木工程兴建前的准备工作。

㉑ 筹画:谋划。机宜:依据客观情势所采取的对策。
㉒ 克期:约定或限定日期。
㉓ 杀:抑制,减缓。
㉔ 爰:于是,就。

〔品读〕

此文是张廷玉为新修的良弼桥撰写的记述文章,对研究良弼桥的历史及地位有重要的史料价值和教育意义。

第一,作者为良弼桥工程竣工,嘉惠乡里,使"行旅往来称便",而"心喜之"。然后笔锋一转,介绍修桥的原因。在龙眠河上建桥,是作者为诸生时就有的心愿,只是当时心有余而力不足,但建好此桥,一直是作者魂牵梦绕之事,牵挂于心中。

第二,作者叙述修桥原委和筹资过程,既感皇恩,又敬佩弟、侄、外甥辈之义。为了修好良弼桥,从设计到施工,从预算到备料,都深思熟虑,反复斟酌,把可能遇到的困难一一排除,使桥坚固、美观、便民,就连桥名都体现百姓感激之情和皇帝奖誉之恩。

第三,作者从内心深处,对所有参与修桥者、护桥者,心存感激,而不愿"独归美"于自己。这些都体现了张廷玉一贯做人的风格和博大的胸怀,体现了他居庙堂之上而心忧百姓的爱民情怀。其人其桥,令后人学习景仰。

刘大櫆

刘大櫆(1698—1779),字才甫,一字耕南,号海峰。清代桐城人。诸生,雍正时两举副贡生,乾隆间应博学鸿词科,皆未成;晚年任安徽黟县教谕,后归里。一生很不得志。刘大櫆为文以才气著称,早年以布衣游京师,方苞见其文,极为叹服:"如苞何足算耶!邑子刘生,乃国士尔。"刘大櫆为桐城派创始人之一,姚鼐师从其学古文。其文论主张"义理、书卷、经济者,行文之实,若行文自另是一事"。强调神气、音节、字句的统一,重视散文的艺术表现,这对方苞的文论是一个发展。其散文长于气势,富有文采,有时难免有怀才不遇之感,于时弊亦间有指摘。工诗,其诗作常为时人所称道。著有《海峰文集》八卷、《海峰诗集》十一卷、《论文偶记》等。《清史稿》有传。

送姚姬传南归序①

古之贤人,其所以得之于天者独全。故生而向学,不待壮而其道已成;既老而后从事,则虽其极日夜之勤劬②,亦将徒劳而鲜获。

姚君姬传甫弱冠③,而学已无所不窥,余甚畏之④。姬传余友季和之子⑤,其世父则南青也⑥。忆少时与南青游,南青年才二十;姬传之尊府方垂髫未娶⑦。太夫人仁恭有礼⑧,余至其家,则太夫人必命酒,饮至夜分乃罢⑨。其后余漂流在外,倏忽三十年⑩,归与姬传相见,则姬传之齿⑪,已过其尊府与余游之岁矣。明年,余以经学应举⑫,复至京师。无何⑬,则闻姬传已举于乡而来⑭,犹未娶也。读其所为诗、赋、古文,殆欲压余辈而上之。姬传之显名当世,固可前知。独余之穷如曩时⑮,而学殖将落⑯,对姬传不能不慨然而叹也。

昔王文成公童子时⑰,其父携至京师⑱,诸贵人见之,谓宜以第一流自待。文成问何为第一流,诸贵人皆曰:"射策甲科为显官⑲。"文成莞尔而笑⑳:"恐第一流当为圣贤。"诸贵人乃皆大惭。今天既赋姬传以不世之才㉑,而姬传又深有志于古人之不朽㉒,其射策甲科为显官,不足为姬传道;即其区区以文章名于后世㉓,亦非余之所望于姬传。

孟子曰:"人皆可以为尧、舜㉔。"以尧、舜为不足为,谓之悖天㉕;有能为尧、舜之资,而自谓不能,谓之慢天㉖。若夫拥旄仗钺㉗,立功青海万里之外㉘,此英雄豪杰之所为,而余以为抑其次也㉙。

姬传试于礼部㉚,不售而归㉛,遂书之以为姬传赠。

(选自《刘大櫆集》卷四)

刘大櫆

〔注释〕

① 姚姬传:即姚鼐,字姬传。

② 极:穷尽。勤劬(qú):勤劳,劳苦。

③ 甫弱冠:刚刚二十岁。甫:方始,刚刚。弱冠:《礼记·曲礼上》:"二十曰弱冠。"

④ 畏:敬畏,敬服。

⑤ 季和:即姚淑,字季和,姚鼐父亲,刘大櫆挚友,终身未仕。

⑥ 世父:伯父。南青:即姚范,字南菁(一作南青),号姜坞,学者称姜坞先生,乾隆七年(1742)中进士,授编修。著有《援鹑堂笔记》等。姚鼐早年受学于姚范。

⑦ 尊府:对他人父亲的尊称。垂髫(tiáo):古时称儿童下垂的头发为垂髫,后引申为童年。

⑧ 太夫人:指姚鼐的祖母。

⑨ 夜分:夜半。

⑩ 倏(shū)忽:一转眼,很快。

⑪ 齿:指人的年龄。

⑫ 余以经学应举:指刘大櫆曾被举荐参加博学鸿词科考试。

⑬ 无何:不久。

⑭ 姬传已举于乡:姚鼐于乾隆十五年(1750)乡试中举。

⑮ 曩(nǎng)时:往时,从前。

⑯ 学殖(zhí):原指学问的积累增进,后泛指学业、学问。殖:加多,增长。

⑰ 王文成公:即王守仁(1472—1529),字伯安,号阳明

子,世称阳明先生,浙江余姚人。明朝著名哲学家、教育家。死后谥"文成"。

⑱ 其父:即王守仁父亲王华,成化十七年(1481)状元,官至南京吏部尚书。携至京师:王华高中状元,王守仁随父赴京。

⑲ 射策甲科:考中进士。射策:原为汉代考试取士方法之一,把考试的问题写在"策"(竹简)上,按难易分甲乙两科,应考者取策,回答策上所写的问题。射策甲科,中者为"郎"(官称)。明清通称进士为甲科,举人为乙科。

⑳ 莞(wǎn)尔:微笑的样子。

㉑ 不世之才:指世上罕见的人才。

㉒ 古人之不朽:古人谓立德、立功、立言为"三不朽"。《左传·襄公二十四年》:"大上有立德,其次有立功,其次有立言,虽久不废,此之谓不朽。"

㉓ 区区:小,少,形容微不足道。

㉔ 人皆可以为尧、舜:语出《孟子·告子下》。意为每个人都可以成为像尧、舜一样的圣贤。

㉕ 悖天:违背天理。

㉖ 慢天:不遵从天理。

㉗ 拥旄(máo)仗钺(yuè):举着旗子,拿着武器。

㉘ 立功青海:泛指到边疆杀敌立功。

㉙ 抑:或是,还是。

㉚ 试于礼部:指会试。这里指姚鼐参加在京城举行的礼部会试。

㉛ 不售:没有考中。

刘大櫆

〔品读〕

　　此序文作于乾隆十六年(1751),姚鼐参加会试,落第而归,刘大櫆作为同乡长辈,赠文以示安慰。文章从讨论"早成"或"晚成"入手,宽解姚鼐的受挫之心,认识成功、失败是人生必经的过程,并用自己"徒劳而鲜获"之例,进行现身说法,旨在激励姚鼐不气馁,勇于面对现实。后文还赞叹姚鼐为诗、赋、古文,"压余辈而上之",必将"显名当世",寄托了前辈对后生的期望,回归文章的主旨。虽然文中也流露出自己对岁月流逝、无多建树的伤感,但是对姚鼐的"不世之才"充满着必胜的信念。从方苞到刘大櫆再至姚鼐,桐城派作家师承相传,相互勉励,是其成功的秘诀之一。

游晋祠记①

　　太原之西南八里许,有周叔虞祠②。祠西为悬瓮山,山之东麓有圣母庙③,其南又有台骀祠④,子产所谓汾神也⑤。

　　有泉自圣母神座之下东出,分左右二道。居人就泉凿二井,井上为亭,槛以覆之。今左井已湮,泉伏流地中。自井又东,沮洳隐见⑥,可十余步,乃出流为溪。浸水洄洑,绕祠南,初甚微,既远乃益大,溉田殆千顷⑦。水碧色,清泠见底,其下小石罗布,视之如碧玉,游鱼依石罅往来甚适⑧。水上有石桥,好事者夹溪流曲折为室如舟。左右乔木交荫,老柏数十株，大皆十围，其中厕以亭台佛屋⑨，采色相辉映。月出照水尤可爱。溪中石大者如马、如羊、如棋局，可坐。予与二三子摄衣而登，有童子数人咏而至，不知其姓名，与并坐久之。山之半有寺，凿土为室，缭曲宏丽⑩，累石级而上，望之，墟烟远树⑪，映带田塍如画⑫。

《山海经》云⑬："悬瓮之山，晋水出焉。"周成王封弱弟于唐⑭，地在晋水之阳，后遂名国为晋。既入赵氏⑮，称晋阳。昔智伯决此水以灌赵城⑯，而宋太祖复因其故智以平北汉⑰。甚哉！水之为利害也。唐高祖盖以唐公兴⑱，尝祷于晋祠。既定天下，太宗亲为铭而书之立石，以崇叔虞之德。今其石在祠东，又其东为宋太平兴国之碑⑲。

是来也，余兄奉之官徐沟⑳，余偶至其署，因得纵观焉。念余之去太平兴国远矣，去唐之贞观益远矣，溯而上之㉑，以及智伯及叔虞，又上之，至于台骀金天氏之裔㉒，茫然不知在何代。太原之去吾乡三千余里，久立祠下，又茫然不知身之在何境。山川常在，而昔之人皆已泯灭其无存。浮生之飘转无定，而余之幸游于此，无异鸟迹之在太空。然则士之生于斯世，虽能立振俗之殊勋，赫然惊人，与今日之游一视焉可也㉓，其孰能判忧喜于其间哉！于是为之记。

(选自《刘大櫆集》卷九)

〔注释〕

① 晋祠：在山西省太原市西南二十五公里处悬瓮山下，原为纪念周代晋国开国君主唐叔虞而建。内有圣母殿、唐叔祠、关帝庙、水母楼等建筑，以及隋、唐松柏和"难老泉"等名胜古迹。现为全国重点文物保护单位。

② 叔虞：周武王之子，周成王之弟。周成王封叔虞于唐，故叔虞亦称唐叔虞，是周代晋国的始祖。

③ 圣母庙：即圣母殿，殿内有圣母（作为叔虞之母）像及精美的四十二尊侍女塑像，为我国古代雕塑珍品。

④ 台骀(tái)祠：台骀是传说中古帝王少昊之后裔，世为水官之长，被颛顼帝封于汾川，后来被当作汾水之神。其事见《左传》。

⑤ 子产：姬姓，公孙氏，名侨，字子产，谥成子。春秋时期著名政治家、思想家。先后辅佐郑简公、郑定公，历史典籍中以其字"子产"为通称，又称"公孙侨""公孙成子"。在思想领域有丰富的建树。

⑥ 沮洳(jù rù)：由腐烂植物埋在地下而形成的泥沼。

⑦ 殆：将近，差不多。

⑧ 石罅：石头的缝隙。

⑨ 厕：置。

⑩ 缭曲：迂回曲折。宏丽：宏伟壮丽。

⑪ 墟烟：犹言烟尘。

⑫ 田塍(chéng)：田间土埂。

⑬《山海经》：古代地理著作，共十八卷，作者不详，多数学者认为书中各篇不是一时一人所作，其中十四篇为战国时期的作品，《海内经》则是西汉时期的作品。书中的主要内容是传说中的地理知识，其中有不少远古的神话传说和寓言故事。悬瓮之山，晋水出焉：语出《山海经·北山经》。

⑭ 周成王：周武王之子，姬姓，名诵，周武王死后，因周成王年幼，由叔父周公旦摄政，周成王亲政后分封诸侯，封弟叔虞于唐。其地在今山西省翼城县西，后为周成王所灭。弱弟：幼弟。

⑮ 既入赵氏：春秋末，晋国被韩、赵、魏三家所灭。三家分晋后，旧唐地属赵国。

⑯ 智伯决此水：智伯原为晋国卿，骄横跋扈，向赵国强要土地，赵国不与，智伯率韩、魏攻赵，引汾水灌晋阳。事见《史记·赵世家》。智：亦作"知"。

⑰ 宋太祖：宋朝第一个皇帝赵匡胤。开宝二年(969)，宋太祖率兵伐北汉，围太原，"临城南，谓汾水可以灌其城，命筑长堤壅之，决晋祠水注之"。随即"北引汾水灌城"(《宋史·太祖本纪》)。北汉(951—979)：是五代十国时期的政权之一。也是五代十国中最后一个政权。都晋阳(今山西省太原市南)，称太原府。盛时疆域十二州(一作"十州")，约为今山西省中部和北部。

⑱ 唐高祖：唐朝开国皇帝李渊，贵族出身，袭封唐国公，隋炀帝大业十三年(617)，任太原留守，乘隋末农民大起义之机，起兵反隋，攻入长安，不久建立唐王朝。

⑲ 太平兴国：宋太宗赵光义的年号(976—984)。

刘大櫆

⑳奉之：即刘大宾，字奉之，号螺峰，刘大櫆之长兄。安徽桐城人，雍正十三年(1735)举人。授山西徐沟知县，后调任贵州普定知县。为官清廉，为人敬仰。徐沟：旧县名，在山西省中部，离晋祠东南不远。1952年与清源县合并为清徐县。故治今太原市清徐县徐沟镇。

㉑溯：逆流而上，引申为寻源。

㉒金天氏：即少昊，传说台骀是金天氏的后裔。

㉓一视：等量齐观。

〔品读〕

刘大櫆的游记散文，多于写景中寄托身世感慨，此文亦是如此。刘大櫆借兄长刘大宾在山西徐沟县为官之机，游览晋祠，对晋祠的历史变迁，详加考察；对众多建筑遗存，悉心描绘，给人以身临其境之感。这也可以看出，以刘大櫆为代表的桐城派作家，在记人记物记事时的精致之处，阅读该文颇有赏画的艺术效果。后半部分，作者感慨古今，叹"浮生之飘转无定"，并以穷达忧喜皆可等量齐观来自我安慰，情绪颇为低沉，这是作者失意心情的又一种表现形式。

游碾玉峡记

去桐城县治之北六里许，为境主庙。自境主庙北行，稍折而东，为东龙眠。山之幽丽出奇可喜者无穷①，而最近治、最善为碾玉峡。

峡形长二十丈。溪水自西北奔入，每往益杀②，其中旁陷迫束③,水激而鸣,声琮然,为跳珠喷玉之状。又前行,稍平,乃卒归于壑。旁皆石壁削立,有树生石上,枝纷叶披,倒影横垂,列坐其荫,寒入肌骨④。

予与二三子扪萝陟险⑤,相扳联以下⑥,决丛棘⑦,芟秽草⑧,引觞而酌。既醉,瞠目相向,恍惚自以为仙人也。噫!方余客勺园时⑨,张君渭南为余言此峡之胜⑩,因约与游。余神往,以不得即游为憾。今之游,渭南独不与,人生之会合,其果有常乎?桐虽予故里,然予以饥驱⑪,方欲奔走四方,则其复来于此,不知在何日?今未逾年遂两至,盖偶也,而独非兹山之幸欤!

(选自《刘大櫆集》卷九)

〔注释〕

① 幽丽:幽静美丽。

② 益:更加。杀:表示程度深。

③ 迫束:束缚,不得伸展。

④ 肌骨:肌肉与骨骼。

⑤ 扪萝:攀缘葛藤。

⑥ 扳联:援引。

⑦ 决:排除阻塞物。丛棘:丛生的荆棘。

⑧ 芟秽草:割除杂草。

⑨勺园:原为张杰旧业,刘大櫆应张家之聘,在此设帐授徒。道光十三年(1833),被方宗诚购得,今称"方宗诚故居"。位于桐城市文昌街道西环城路东侧68号,与六尺巷邻近。1988年公布为"桐城县文物保护单位"。

⑩张君渭南:即张筠(1693—1766),字渭南,号瓯舫,治书经,监生,雍正壬子科顺天乡试第二百四十名,乾隆二年(1737),考取内阁中书,后补授内阁中书舍人,钦差户部富新仓监督。

⑪饥驱:指为衣食而奔忙。

〔**品读**〕

这是刘大櫆游记散文中的代表作之一。他怀着对家乡的无比热爱,饱含深情地赞美龙眠山中的胜景——碾玉峡。

文章首先就交代碾玉峡的具体方位和行走路线。说它位于县治之北,由境主庙北行再折东,是龙眠山距离县城最近的一处美景。其次,写碾玉峡之奇之异。通过"奔入""益杀""旁掐迫束"等动态描述,展现碾玉峡"水激而鸣""跳珠喷玉"的梦幻情景。再次,用以"石壁削立","树生石上,枝纷叶披,倒影横垂,列坐其荫,寒入肌骨"等简洁语言,描绘碾玉峡周边的自然风光,与前面所说的"幽丽出奇"相呼应。最后,通过回忆友人张渭南,发人生会合之叹;自己在谋生之余,在不到一年的时间里,两次游碾玉峡,足见其诱人之美。文章短小精悍,字字珠玑,景美情真,堪称神来之笔,尽显桐城派名家之风采。

姚 鼐

姚鼐(1732—1815),字姬传,一字梦谷,因书斋名"惜抱轩",世称惜抱先生。清代桐城人。乾隆二十八年(1763)进士,官至刑部郎中,充《四库全书》编修官。中年弃官,在江宁、扬州、徽州、安庆主持钟山、梅花、紫阳、敬敷书院四十余年,梅曾亮、管同、方东树、姚莹、刘开等,都是他的著名弟子。早年曾向刘大櫆学习古文,继方苞、刘大櫆等同乡前辈之后,从事古文写作与教学,影响遍及全国,桐城文派于是得以形成。姚鼐生活的乾嘉时期,汉学大盛,这对姚鼐也不无影响,他认为考据不可少,但也不赞成汉学家的"崇尚鸿博,繁称旁证",更不赞成以汉学排斥程朱理学,因而提出了义理、考证、文章三者不可偏废的主张。对于古文写作,他认为应该讲究"神、理、气、味、格、律、声、色","神、理、气、味"为文之精,"格、律、声、色"为文之粗,二者虽有精粗之分,但需由粗入精。姚鼐在文学批评上的另一大贡献是他的文章风格学。他在《复鲁絜非书》中将千姿百态的文风归结为"阳刚""阴柔"二端,指出了文章的风格与作者个性的关系。同时强调了"阳刚""阴柔"的相辅相成,作家为文,虽各有"偏好",但不可"一有一绝无"。这些主张对后世桐城派作家的影响很大。姚鼐的文章以韵味取胜,方宗诚《桐城文录序》后附评语"惜抱先生文以神韵为宗"。所谓"神韵",

在诗论中是指"不着一字,尽得风流"的味外之味,而他的文章正是以它的韵味悠长,含不尽之意于言外,而耐人玩味。他的一些论学说理的文章写得立论精确、可读性强;序跋写得跌宕有致,富于韵味;传记墓志,结构谨严,繁简得体;记事文章文辞简练而记事明晰,堪称净洁精微,深得雅洁之美。刘师培在《论近世文学之变迁》中说:"惟姬传之丰韵……则又近今之绝作也。"著有《惜抱轩文集》十六卷、《惜抱轩文后集》十卷、《惜抱轩诗集》十卷等,所编《古文辞类纂》影响很大,被誉为桐城派传家宝。

刘海峰先生八十寿序

曩者①,鼐在京师,歙程吏部②、历城周编修语曰③:"为文章者,有所法而后能,有所变而后大。维盛清治迈逾前古千百④,独士能为古文者未广。昔有方侍郎,今有刘先生,天下文章,其出于桐城乎?"鼐曰:"夫黄、舒之间⑤,天下奇山水也,郁千余年,一方无数十人名于史传者。独浮屠之俊雄,自梁、陈以来⑥,不出二三百里,肩背交而声相应和也⑦。其徒遍天下,奉之为宗。岂山川奇杰之气有蕴而属之邪⑧?夫释氏衰歇⑨,则儒士兴,今殆其时矣⑩。"既应二君⑪,其后尝为乡人道焉。

鼐又闻诸长者曰:"康熙间,方侍郎名闻海外。刘先生一日以布衣走京师,上其文侍郎。侍郎告人曰：'如方某何足算邪！邑子刘生，乃国士尔⑫。'闻者始骇不信，久乃渐知先生。"今侍郎没，而先生之文果益贵。然先生穷居江上，无侍郎之名位交游，不足掖起世之英少⑬，独闭户伏首几案，年八十矣，聪明犹强⑭，著述不辍，有卫武《懿》诗之志⑮，斯世之异人也已。

鼐之幼也，尝侍先生，奇其状貌言笑，退辄仿效以为戏。及长，受经学于伯父编修君⑯，学文于先生。游宦三十年而归⑰，伯父前卒，不得复见。往日父执往来者皆尽⑱，而犹得数见先生于枞阳⑲。先生亦喜其来，足疾未平，扶曳出与论文⑳，每穷半夜。

今五月望，邑人以先生生日为之寿。鼐适在扬州，思念先生，书是以寄先生，又使乡之后进者，闻而劝也㉑。

（选自《惜抱轩文集》卷八）

〔注释〕

① 曩（nǎng）：以前。

② 程吏部：即程晋芳，字鱼门，安徽歙县人，乾隆间进士，官吏部主事，《四库全书》编修。

③ 周编修：即周永年，字书昌，山东历城人，乾隆间进士，与姚鼐、程晋芳同为《四库全书》编修。

④ 盛清：强大的清代。迈逾：超过。

⑤ 黄、舒：黄州、舒州。

⑥ 浮屠:此处指佛教徒。俊雄:才能出众的人。

⑦ 肩背交:人与人肩背相接,形容人多。

⑧ 蕴:积蓄。属:归属。

⑨ 释氏:释迦牟尼为佛教创始人,故通常以"释氏"指佛教或佛教徒。

⑩ 殆:大概,可能。

⑪ 应:应声回答。

⑫ 国士:一国之中杰出的人物。

⑬ 披:扶持,扶植。

⑭ 聪明:耳聪目明。

⑮ 卫武《懿》诗:卫武即春秋时卫武公姬和。《诗经·大雅》中的《抑》篇,相传为卫武公晚年为警戒自己而作。三国吴韦昭注:"昭谓《懿》诗,《大雅·抑》之篇也。懿读曰抑。"

⑯ 编修君:指作者的伯父姚范。

⑰ 游宦:在外做官。

⑱ 父执:父亲的朋友。

⑲ 数(shuò):屡次。枞阳:枞阳镇,旧属桐城。

⑳ 扶曳(yè):搀扶。曳:牵引。

㉑ 劝:勉力,努力。

〔**品读**〕

戴名世、方苞、刘大櫆俱为桐城人且文名满天下,但他们都还没有创立文派的意思。到了姚鼐时,桐城文派声名始著,这与姚鼐继承发展桐城文论,聚徒授文,以及以桐城文学相标榜是分不开的。此文亮出程晋芳、周永年"天下文章,其出于桐城"之说,并认为桐城"儒士兴,今殆其时矣",

隐然以桐城古文为天下文章之宗。作者在文中特别提到方苞与刘大櫆的承接关系,以及自己与刘大櫆的师承关系,实际已引出桐城文学派别的端绪。此文作为实际打出桐城文派旗号的作品,历来为人所重视。

此文以人物对话与作者的议论、叙述交相运用,别开生面,尤为生动活泼。"昔有方侍郎,今有刘先生,天下文章,其出于桐城乎"?口气是反问,其实是肯定,是赞许,又是期待,仿佛连说话人那得意的神情皆跃然纸上。"如方某何足算邪!邑子刘生,乃国士尔"。把方苞的自谦和对刘大櫆的赞赏之情,皆刻画得活灵活现。最后,作者叙述与刘大櫆的交往,则显得十分亲切感人,"奇其状貌言笑,退辄仿效以为戏",把作者幼年对刘大櫆的向往、崇拜之情,刻画得栩栩如生,令人过目难忘。

登泰山记

泰山之阳①,汶水西流②;其阴③,济水东流④。阳谷皆入汶⑤,阴谷皆入济;当其南北分者,古长城也⑥。最高日观峰⑦,在长城南十五里。余以乾隆三十九年十二月⑧,自京师乘风雪,历齐河、长清⑨,穿泰山西北谷,越长城之限⑩,至于泰安。是月丁未⑪,与知府朱孝纯子颖⑫,由南麓登四十五里,道皆砌石为磴,其级七千有余。泰山正南面有三谷,中谷绕泰安城下,郦道元所谓环水也⑬。余始循以入,道少

姚　鼐

半,越中岭,复循西谷,遂至其巅。古时登山,循东谷入,道有天门。东谷者,古谓之天门溪水,余所不至也。今所经中岭及山巅崖限当道者⑭,世皆谓之天门云。道中迷雾冰滑,磴几不可登。及既上,苍山负雪,明烛天南⑮;望晚日照城郭,汶水、徂徕如画⑯,而半山居雾若带然⑰。

戊申晦五鼓⑱,与子颖坐日观亭待日出。大风扬积雪击面。亭东自足下皆云漫⑲,稍见云中白若樗蒱数十立者⑳,山也。极天云一线异色㉑,须臾成五采。日上,正赤如丹㉒,下有红光动摇承之。或曰:"此东海也。"回视日观以西峰,或得日,或否,绛皓驳色㉓,而皆若偻㉔。亭西有岱祠㉕,又有碧霞元君祠㉖;皇帝行宫在碧霞元君祠东㉗。是日观道中石刻,自唐显庆以来㉘,其远古刻尽漫失㉙。僻不当道者,皆不及往。

山多石少土,石苍黑色,多平方,少圜㉚。少杂树,多松,生石罅㉛,皆平顶冰雪,无瀑水,无鸟兽音迹。至日观数里内无树,而雪与人膝齐。桐城姚鼐记。

(选自《惜抱轩文集》卷十四)

〔注释〕

① 泰山:在山东省泰安市,又称东岳,为五岳之首。阳:山的南面。

② 汶水:即大汶河。源于山东省莱芜市之原山,流经泰安市。

③ 阴:山的北面。

④ 济水:又称"沇水"。源于河南省济源市附近之王屋山,流经山东,现在故道的一部分已为黄河所占。

⑤ 阳谷:此处指南面山谷之水。

⑥ 古长城:战国时期齐国修筑。

⑦ 日观峰:坐落于泰山玉皇顶东南,其上筑有日观亭,为观日出之胜地。

⑧ 乾隆三十九年:即1774年,姚鼐时年四十三。

⑨ 齐河、长清:即今德州市齐河县、济南市长清区。

⑩ 限:阻隔。

⑪ 是月丁未:十二月二十八日。

⑫ 朱孝纯:字子颍,号海愚、思堂,辽东汉军正红旗人。曾任泰安知府,两淮盐运使等职,为刘大櫆的弟子、姚鼐的挚友,著有《海愚诗钞》。

⑬ 郦道元:字善长,范阳涿县(今属河北)人,著名地理学家、散文家,曾任御史中尉、关右大使等职,后遭杀害。所撰《水经注》为有文学价值的地理学巨著。环水:指泰安的护城河。《水经注·汶水》:"北合环水,水出泰山南溪。"

⑭ 崖限:像门槛一般的山崖。

⑮ 烛:照。

⑯ 徂徕(cú lái):山名,在泰安城东南。

⑰ 居雾:停留着的云雾。若带然:像带子一样。

⑱ 戊申:十二月二十九日。晦:农历每月的最后一天。五鼓:五更。

⑲ 云漫:云雾弥漫。

⑳ 樗蒲(chū pú):古代一种游戏,像后代的掷色子。也作"摴蒱"。

㉑ 极天:天边。

㉒ 正赤如丹:纯红如朱砂。

㉓ 绛皓驳色:红白相杂的颜色。绛:深红色。皓:白色。驳:色彩错杂。

㉔ 偻(lǚ):弯曲。

㉕ 岱祠:祭祀泰山之神东岳大帝的庙宇。岱:泰山的别称。也叫"岱宗""岱岳"。

㉖ 碧霞元君:传说为东岳大帝之女,宋真宗时封为天仙玉女碧霞元君,并建祠。

㉗ 皇帝行宫:乾隆帝曾到泰山"封禅",住于此。行宫:京城以外供帝王出行时居住的宫殿。

㉘ 显庆:唐高宗李治的年号(656—661)。

㉙ 漫失:磨损缺失。

㉚ 圜(yuán):同"圆"。

㉛ 石罅:石缝。

〔品读〕

这篇游记是乾隆三十九年(1774)年末姚鼐应朱孝纯之请赴泰安游赏而作。刘大櫆说:"与子颖同上泰山,登日观,慨然想见隐君子之高风,其幽怀远韵,与子颖略相近云。"(《朱子颖诗集序》)这段话有助于我们了解姚鼐当时的思想状况。

此文是历久传诵、脍炙人口的名篇。全文融义理、考证于客观写实之中,通过对人文历史和自然景观的确切叙述和生动描绘,抒发了作者摆脱官场桎梏的幽怀远韵。全文无一句空洞的说教,并巧妙地纠正了《水经注》中关于汶水记载之失实,而全无烦琐考证之弊。文章以日观峰为全篇的描写中心,开头即指明"最高日观峰",中间以"坐日观亭"观日出为全文最为精彩的神来之笔,文末以"至日观数里"作呼应,神完气固,一气呵成。文章采用叙述与描绘相结合的笔法,叙述皆字字确凿有据,描绘则句句生动传神。如"苍山负雪,明烛天南;望晚日照城郭,汶水、徂徕如画,而半山居雾若带然"的描写。动景与静景相交替,近景与远景相辉映,给人以身临其境、无限神往之感。对于日观亭日出的描绘,更是气象万千,变幻莫测。后人惊叹其:"典要凝括……读此益服其状物之妙。"(黎庶昌《续古文辞类纂》卷二十五)甚至断言:"具此神力,方许作大文。世多有登岳,辄作游记自诧者,读此当为搁笔。"(王先谦《续古文辞类纂》卷二十四)

游媚笔泉记

桐城之西北,连山殆数百里,及县治而迤平[①]。其将平也,两崖忽合,屏蠹墉回[②],崭横若不可径[③]。龙溪曲流[④],出乎其间。

以岁三月上旬,步循溪西入。积雨始霁,溪上大声潀然十余里[⑤],旁多奇石、蕙草[⑥]、松、枞、槐、枫、栗、橡,时有鸣巂[⑦]。溪有深潭,大石出潭中,若马浴起,振鬣宛首而顾其侣[⑧]。援石而登,俯视溶云[⑨],鸟飞若坠。复西循崖可二里,连石若重楼,翼乎临于溪右⑩,或曰:"宋李公麟之垂云沜也⑪。"或曰:"后人求公麟地不可识,被而名之。"石罅生大树,荫数十人⑫。前出平土,可布席坐。南有泉,明何文端公摩崖书其上⑬,曰"媚笔之泉"。泉漫石上为圆池,乃引坠溪内。

左丈学冲于池侧方平地为室⑭,未就,要客九人饮于是。日暮半阴,山风卒起⑮,肃振岩壁,榛莽⑯、群泉、矶石交鸣。游者悚焉⑰,遂还。是日姜坞先生与往⑱,鼐从。使鼐为记。

(选自《惜抱轩文集》卷十四)

〔注释〕

① 迤平:地势斜延渐平。

② 屏矗墉回:好像矗立的屏障与曲折环绕的城墙。

③ 崭横:高峻横隔。崭:山高峻貌。

④ 龙溪:溪水名。

⑤ 汃(cóng)然:流水的声音。

⑥ 蕙草:一种香草,古代佩带身旁或作香焚以避疫。

⑦ 巂(guī):鸟名,即子规。

⑧ 振鬣(liè)宛首:扬起鬣毛回过头去。鬣:马颈上的长毛。宛:弯曲。

⑨ 溶云:盛多而浮动的白云。卢照邻《怀仙引》:"回首望群峰,白云正溶溶。"

⑩翼乎:翼然,如鸟展翅。

⑪李公麟:字伯时,北宋画家,宋舒州(今属桐城)人。晚年居龙眠山,号龙眠山人。博学多才,擅画人物、佛像,亦工山水,能诗,于文字亦颇多研究。垂云沜(pàn):李公麟居所名。沜:水边。

⑫荫数十人:树荫可遮蔽数十人。

⑬何文端:即何如宠,字康侯,明万历进士,官至礼部尚书,武英殿大学士。崇祯四年(1631)乞归,福王时赠太保,死后谥"文端"。摩崖:在山崖石壁上镌刻文字。

⑭左丈学冲:名叫左学冲的老人。曾为武进教谕,晚年筑室于媚笔泉侧,自号"笔泉"。丈:古时对老年男子的尊称。

⑮卒(cù):通"猝",忽然。

⑯榛莽:杂乱丛生的草木。

⑰悚(sǒng):恐惧,害怕。

⑱姜坞先生:姚鼐的伯父姚范。

〔品读〕

此文以简洁平实的语言描形写态,并能创造真切的环境气氛,有引人入胜的艺术效果。如写"溪上大声汨然十余里",又"时有鸣巂",水流声与鸟鸣声交相呼应,既烘托出"空山不见人"的极静气氛,又创造出"鸟鸣山更幽"的境界。石头本是静止的,作者用拟人手法,将石头形状写成有生命之物:"大石出潭中,若马浴起,振鬣宛首而顾其侣。"而"连石若重楼,翼乎临于溪右",化动为静,声色交错,文中有画,画中有情,形成独具神韵的美妙意境,难怪"先生(姚范)大乐,而时诵之"(见姚鼐《左笔泉先生时文序》)。

观披雪瀑记①

双溪归后十日②,偕一青、仲孚、应宿③,观披雪之瀑。水源出乎西山④,东流两石壁之隘⑤,隘中陷为石潭,大腹弇口若罂⑥,瀑坠罂中,奋而再起,飞沫散雾,蛇折雷奔,乃至平地。其地南距县治七八里,西北距双溪亦七八里。中间一岭⑦,而山林之幽邃⑧,水石之峭厉⑨,若故为诡愕以相变焉者⑩,是吾邑之奇也。

石潭壁上有刻文,曰:"敷阳王孚信道、建安陈信臣、荥阳张峴子厚、合淝皇甫升,绍圣丙子正月甲寅。"⑪凡三十六字。"信臣""皇甫""甲寅"之下,各有二字损焉。以兹瀑之近依县治,而余昔尝来游,未及至而返。后二十余年,及今乃履其地⑫。人前后观兹瀑者多矣,未有言见北宋人题名者,至余辈乃发出之。人事得失之难期,而物显晦之无常也,往往若此。余是以慨然而复记之。

(选自《惜抱轩文集》卷十四)

〔注释〕

① 披雪瀑:又名披雪洞、披云洞、响雪泉,位于今安徽省

桐城市北四公里之碧峰山。

② 双溪:位于今安徽省桐城市西北的龙眠街道双溪村。

③ 一青、仲孚、应宿:皆为与姚鼐沾亲带故的同乡好友。一青:即左世琅,字一青,安徽桐城人,其祖母为姚鼐的曾祖姑。仲孚:即左世经,字仲孚,左世琅之弟。应宿:即张若兆,字应宿,安徽桐城人,为左世琅、左世经的表弟,又为左世经的妻弟。

④ 西山:即桐城市西北的西龙眠山。

⑤ 隘(ài):狭窄险要的山谷。

⑥ 弇(yǎn)口:器具的小口。罂(yīng):小口大肚的瓶子。

⑦ 间(jiàn):隔着。

⑧ 幽邃:幽深。

⑨ 峭厉:陡峭严峻。

⑩ 若故为诡愕以相变焉者:像是故意作出奇奇怪怪的姿态用以察看变化之道。诡愕:奇形怪状令人惊异。相:看。

⑪ 绍圣丙子:北宋哲宗绍圣三年(1096)。正月甲寅:指此年的农历正月二十日。

⑫ 履:行走。

〔品读〕

乾隆四十年(1775)七月十二日,从官场告退回到家乡的姚鼐,在好友的陪同下游览了康熙时大学士张英退居之地双溪,乃有《游双溪记》之作。双溪归后十日,又一同游览距离县治七八里的名胜景点披雪瀑,美景在目,心有感慨,提笔写下《观披雪瀑记》一文。

姚 鼐

　　这篇游记堪称《游双溪记》的姊妹篇,篇幅很短,不足三百字,文字凝练,结构精巧。文章前一部分描写披雪瀑"吾邑之奇"的卓异风姿。先交代瀑布之水源于西山,穿行峡谷,从石壁坠落,陷为石潭。作者以"大腹弇口若罂"喻之,可谓生动传神。以下写瀑布之形态与声音,用"飞沫散雾""蛇折雷奔"两个比喻,形容"瀑坠罂中,奋而再起""乃至平地"的壮观景象,形态逼真,气势惊人,而用字简练之极,状物神气毕现,文气遒劲有力。其后宕开一笔,介绍披雪瀑的具体方位,并运用拟人手法,把此地"山林之幽邃,水石之峭厉",说成"若故为诡愕以相变焉者",无情的山水俨然成了有情之物,本来客观的山水变化,因此烙上了主观感受的印迹。

　　文章后一部分,记叙石潭壁上所存宋人石刻,言之凿凿,是对自然景物的有力补充,不仅印证了姚鼐"以考证助文之境,正有佳处"的创作主张,而且传递出数百年的历史沧桑,进而由对宋人石刻的新发现,自然引发出"人事得失之难期,而物显晦之无常也,往往若此"的人生慨叹,富有哲理,令人回味。

方东树

方东树(1772—1851),原名巩至,字植之,号歇庵,又号冷斋,别号副墨子。其居室名"仪卫轩",学者称仪卫先生。清代桐城人,诸生,文学家、学者。方东树青年时期从姚鼐学古文,是姚鼐著名弟子之一。刘声木在《桐城文学渊源考》卷八中说:"为文好构深湛之思,醇茂昌明,言必有物,穷源尽委,沉雄坚实,无不尽之意,无不尽之词,不尽拘守文家法律。诗则用力尤至,沉着坚劲,卓然成家。""其文罄抒心得……又博极儒先诸书,探天人之旨,究性命之归。"中年以后专攻学术,以治经史著称,于文论亦有研讨。曾主讲庐州、亳州、松滋、廉州、韶州、东山等书院。所著《汉学商兑》一书,回应江藩《汉学师承记》,从批判汉学家的立场出发,指出了汉学考据的不少错误,有很高的学术价值。所著《昭昧詹言》为清代著名诗话之一,为桐城诗派诗论的形成奠定了基础。鸦片战争时期,方东树在广东,"翁不忧一身,而悲愤时事"(姚莹《又与方植之书》)。著《化民正俗对》,陈禁烟之道;著《病榻罪言》,论御敌之策,表现了方东树的爱国思想。著有《考槃集文录》《书林扬觯》等。《清史稿》有传。

姚石甫文集序

文章如面,万有不同①。而要有同乎古今者,所以为文之心而已。不能同其心而强同其面②,则入于伪。伪不可久居,虽有见于今,必不足传于后。是故为文者,必有仁义之质③,道德之积,如不得已而后有言,然后其言有物④,其言信,乃久传。而方其学之始,又必深求古人之心,研说之久⑤,然后古人之精神面目与我相觌⑥,而我之精神面目亦自以见于天下后世。树少与石甫学文时⑦,持论如此。

石甫平居⑧,慕贾谊、王文成之为人⑨,故其学体用兼备⑩,不为空谈,其文一自抒所得⑪,不苟求形貌之似。其齿少于余⑫,而其才、识与学之胜余,相去之远,中间恒若可容数十百人者⑬。既成进士后⑭,尝游粤数年⑮,归则出示以其所为文数大束⑯。余读之骇服⑰,既为题论而去。嘉庆二十四年⑱,余客粤。是时石甫仕于闽之漳州,为平和县令⑲。往来之人,皆传其政事之美异⑳,而不及其文。久之,石甫自闽中以其集来寄㉑,且命为之序。急读之,则视向所见益充实㉒,不可涯际㉓。观其义理之创获,如云霾过而耀星辰也㉔;其论议之豪宕,若快马逸而脱衔羁也㉕;其辨证之浩博,如眺溟海而睹涛澜也㉖。至其铺陈治术,晓畅民俗,洞极人情白黑㉗,如衡之陈㉘,鉴之设㉙,幽室昏夜而悬烛照也㉚,而其明秀英伟之气,又实能使其心胸面目,声音笑貌,精神意气,家世交游㉛，与夫仁孝恺悌之效于施行者㉜，毕见于简端㉝，使人读其文，如立石甫于前，而与之俯仰抵掌也㉞。嗟夫！石甫之得于古以见于今者如是，其传于后世宜何如也。

石甫固愿学阳明，而其出宰之县，适即为阳明所开㉟。其民俗根株㊱，犷悍难治㊲，又与阳明当日所征八排洞瑶无异。石甫之治此地，禽狝兽薙㊳，剔抉爬梳㊴，化诱若雨露㊵，震詟若风雷㊶，申严之法㊷，诰诫之文㊸，朗畅剀切㊹，恢阔明白㊺，又若无一不与阳明气象相似者。吾不知天特遗此盘根错节以别利器乎㊻？抑故遣石甫居此，行其学，显其才，以蹈阳明之迹，俾天下后世知其志愿之不虚乎㊼？石甫曩为书达诸公㊽，论治剧之理㊾，及石甫为县，一一行之如其言。

嗟乎！石甫之学既见于治矣，石甫之治既见于文矣，石甫之治与文既见于当世，而又将揭以示后世矣㊿。然而人之知其文者或寡，知其文之所以效于治(51)，与夫其治与文之气象之何似益寡矣(52)。知不知亦何足损益。余独耻读人之文，而不能识其真，使作者之心不著于天下(53)，亦古今斯道文章之大憾也。故亟为著之(54)，使读石甫之文者，有以考其迹焉。

道光元年秋八月㉟,同邑方东树㊱。

(选自姚莹《东溟文集》卷首,同治六年刻本)

〔注释〕

① 万有:万物。

② 强:勉强。

③ 仁义之质:谓仁义之心。质:物类的本体、主体。

④ 有物:有内容。

⑤ 研说:研究、解说。

⑥ 覿(dí):见。

⑦ 石甫:即姚莹,字石甫。

⑧ 平居:平时,平素。

⑨ 贾谊(公元前200—公元前168):河南洛阳人。汉文帝初,召为博士,不久迁太中大夫,后谪为长沙王太傅。有志向,富学识,擅长政论、辞赋。后人辑有《贾长沙集》。王文成:即王守仁(1472—1529),字伯安,号阳明子,世称阳明先生,浙江余姚人。弘治十二年(1499)进士。早年因反对宦官刘瑾,被贬为贵州龙场驿丞。后以镇压农民起义及平定"宸濠之乱",封新建伯,官至南京兵部尚书。卒谥"文成"。他继承陆九渊的哲学思想,提出"致良知",完成了心学理论的建设。门人辑有《王文成公全书》。

⑩ 体用:中国哲学的一对范畴,体:事物的本体、主体。用:事物本质的外部表现。"体"偏重于形而上的思辨,"用"偏重于形而下的具体实施。

⑪ 一:一概,全都。

⑫ 齿:指人的年龄。

⑬ 恒:常常。

⑭ 进士:唐代科举考试最重进士科,应考者谓进士,考试及格者"赐进士及第"。明清时期进士为考中者的专称,凡举人经会试考中者为贡士,由贡士经殿试录取者为进士。姚莹于嘉庆十三年(1808)成进士。

⑮ 尝:曾经。粤:广东、广西古为百粤之地,故称两粤。也专称广东为粤。

⑯ 束:量词,用于捆在一起的东西。

⑰ 骇服:吃惊,佩服。

⑱ 嘉庆二十四年:即1819年。

⑲ 是:指示代词,这,这个。闽:福建省的别称。漳州:明清时期为府,治所在今漳州市。平和:县名,在今福建省平和县西南,靠近广东省。

⑳ 异:不同一般。

㉑ 来寄:犹寄来。

㉒ 向:往日,从前。

㉓ 不可涯际:谓其作品气象恢宏浩大。涯际:边际。

㉔ "观其义理"二句:赞其探究义理的文章,能解人疑惑,使人明晓道理。义理:经义名理,宋以后称理学为义理之学。创获:创见,发明。霾:指空气中飘浮着的颗粒物,也指空气浑浊、天气阴暗的样子。乌云阴霾消失后,露出星辰的亮光,比喻其义理之文善于解惑辩难,阐述明晰透彻。

㉕ "其论议"二句:形容其论说文富于雄辩。逸:奔跑。衔:马嚼子,横在马口里驾驭马的金属小棒。羁:马笼头。

㉖ "其辨证"二句:形容其考证文章材料充实,浩繁博大。辩证:犹考证。眺:远望。溟海:神话传说中的海名,此处指

大而深的海。睹:看见。

㉗ 洞极:洞察,深透了解。

㉘ 衡:秤杆。

㉘ 鉴:镜子。

㉙ 幽室:暗室。昏夜:黑夜。

㉛ 家世:家庭的世系。

㉜ 仁孝恺(kǎi)悌(tì):仁爱孝敬,和乐平易。

㉝ 简端:犹纸上。简:古代用来写字的竹片。

㉞ 抵掌:击掌,鼓掌。

㉟ "而其出宰之县"二句:姚莹任县令的平和县,在明代属福建漳州府,而和平县在明代属广东惠州府,为正德十三年(1518)八月南赣巡抚王守仁率军平定现和平县境内浰源、上陵等处农民起义,事后奏请朝廷设立的。故王守仁所立当是惠州府和平县,非漳州府平和县。方东树云姚莹所宰平和县为王守仁所开,显然有误。

㊱ 根株:树木的根,比喻基础。

㊲ 犷悍:粗野强悍,蛮横。

㊳ 狝(xiǎn):杀戮。薙(tì):除草,此谓剪除。

㊴ 剔抉:挑选。爬梳:梳理,整理,引申为整治繁乱而使之有条理。

㊵ 化诱:感化启导。

㊶ 震讋(zhé):震惊恐惧。讋:惧怕。

㊷ 申严:申明严禁。

㊸ 诰诫:古代两种文体。诰:一种告诫性的文章。诫:一种教诲性的文章。

㊹ 剀(kǎi)切:切实,切中事理。

㊺ 恢阔:宽阔,宏大。
㊻ 盘根错节:树木根结盘曲错杂,比喻事情繁难复杂。
㊼ 俾:使。
㊽ 达:引进。
㊾ 治剧:处理繁重难办的事务。
㊿ 揭:显露,此处指刊刻。
51 效:见效。
52 其治与文之气象之何似:指前面所论述的姚莹与王守仁的相似之处。
53 著:明示。
54 亟:急迫地。著:显明,此处指阐扬。
55 道光元年:即1821年。
56 同邑:作者与姚莹都是桐城人。邑:城市。

〔品读〕

在近代桐城派作家中,方东树以文学批评见长,姚莹以文章事功称著。两人既是同乡,又同出姚鼐门下,年龄不同,日常聚少离多,但志趣相投,砥砺共进,彼此交游十分密切。道光十三年(1833),姚莹在武进县任职,邀请方东树编校其曾祖姚范的《援鹑堂笔记》,并随同助幕。方东树晚年生活贫困,姚莹曾赠其数百金以为生计,后姚莹蒙冤被贬四川、出使乍雅,方东树又把此款归还其家人。在他们的文集、书信、诗作中,保存了不少交流感情、关切时势、探讨学术的文字。

道光元年(1821),姚莹在台湾任职,约请方东树为自己的文集作序。在这篇序文中,方东树开篇提出古今文章面目互异,而文心相同的观点。在他看来,所谓文之面目,是指结构布局、遣词造句、风格气象等文章面貌;所谓"为文之心",既指作者所抱持的写作宗旨和动机,又指作品所蕴含的文情、文意。强调学习古人文章,不能"强同其面",而要在文心方面向古人看齐。作者如果具备"仁义之质,道德之积",内质高深,则笔下之言自然不俗。

作为姚莹的同乡知己,方东树对其评价甚高,认为姚莹虽然年纪尚轻,但是才、学、识都远胜自己,并身在仕途,长于政事,与王守仁气象相似。他肯定姚莹为学"体用兼备,不为空谈",为文则"自抒所得",不因循前人,且"晓畅民俗,洞极人情",其言有物有信,足可传于后世。方东树高度评价姚莹的经世之才和突出政绩,希望他不要只沉潜文章技艺,而放弃对道德修养和文章意旨的追求。要以王守仁为榜样,行其学,显其才,在"治"与"文"两方面发奋努力,卓有建树。姚莹后来取得的人生成就,达到甚至超出了方东树在这篇序文中的预期,在中国近代反帝爱国斗争和桐城派的转型发展上都占有重要地位,亦可见方东树识人之明、知人之深。

姚元之

姚元之(1773—1852),字伯昂,号荐青,自称竹叶亭生。清代桐城人。嘉庆十年(1805)进士,选庶吉士,授编修。典陕甘乡试,入值南书房。嘉庆十七年(1812),擢侍讲。嘉庆十九年(1814),督河南学政。因奏请禁坊刻类典等书,以杜抄袭;兼奏豫、鄂、皖交界匪患事,受朝廷嘉纳,累迁内阁学士。道光十二年(1832),授工部侍郎,又转户部、刑部任职。道光十八年(1838),迁左都御史。越二年,以年迈致休。姚元之师事族祖姚鼐,受诗、古文法,工诗画及八分书。其《乔松图》《蔬香图卷》,被视为中国绘画精品,载入《宋元明清画家年表》。方朔在《枕经堂金石书画题跋》中称其书法为"波撇神风""今人不让古人"。著有《荐青诗文集》《竹叶亭杂记》等。

姚介石塞外记

归庵①,先曾王父曹州公,自颜其枢也,且作记。公居塞外六年,辛苦艰难,怡然自若。读是记,而旷达之怀②,百年如见矣。检旧笥得稿③,因书之,以留佳话。

《记》曰:"姚介石,名兴滇,桐城巨族,曹州太守。乾隆己巳④,有军台之役⑤。军台者,准噶尔蠢动⑥,设置塞北之邮递也。自张家口出关,至鄂尔坤新城⑦,共二十九台,长亘三千余里,委蛇曲折。台丁就水草,迁徙不常。其实不止此也。每台处蒙古十七家于其间⑧,每年出资以养之。介石派坐二十二台,逾瀚海西北更十余程⑨,地名桃李。树木不生,鸟兽绝迹,悲风昼夜呼号,飞沙朝夕霾霁⑩。饮惟酪⑪,食惟膻⑫。毳幕荒凉⑬,孤身寥寂,冰山雪窖,酷冷奇寒。介石居,常以命数自安处之,尚觉坦然。惟是其俗,人物故后⑭,弃于荒野,听犬狼食之。如食之速,则以为魂魄登仙;不食,则谓成鬼道矣。即富厚之家,亦不数日,血肉未干,即火而弃之⑮。葬事固未之闻,棺木从不之识。介石以清白之躯,既贫且老,既老且病,托迹穹庐,草霜风烛,未可定也。固不敢以父母遗体饲犬狼⑯,即委之灰烬,亦所不忍。闻北千里外,尔登兆其地,阡木稍可,因托人购之,木价二两八钱,运价八两。倘命数已定,全尸而南,不亦幸欤!语云:生寄死归⑰。故颜其前曰'归庵',题之曰'姚介石之柩',侥幸生还,作将来一段佳话,未为不可。或谓之痴,或谓之达,不问也。时乾隆十五年庚午,介石年五十有六。归庵成,因为之记,并附以诗:'死归生寄两茫茫,不识他乡与故乡。五十六年都是幻,于今撇却臭皮囊⑱。'庚午九月十九日⑲,介石自记并书。"

(选自《荐青诗文集》)

〔注释〕

① 归庵:姚介石在其棺木前额题的字,寓有"归安"之意。

② 旷达:开朗豁达。

③ 笥(sì):装书及衣物的箱子。

④ 乾隆己巳:即乾隆十四年(1749)。

⑤ 军台:清代西北两路传达军报及官文书的机构,有邮递的作用。

⑥ 准噶尔蠢动:清初,厄鲁特蒙古准噶尔部族首领噶尔丹勾结藏王和沙俄起兵叛乱,康熙帝三次亲征,予以平定。

⑦ 鄂尔坤:河名,现在蒙古国乌兰巴托西北,杭爱山北麓,现地图标名为鄂尔浑河。

⑧ 处:安置,安顿。

⑨ 逾瀚海西北更十余程:意谓过北海西北要经过十多天。瀚海:古称北海,故地在今蒙古国布尔根省一带。更:经过。程:量词,相当于"路"。

⑩ 霾霿(mái méng):天气昏蒙,昏暗。

⑪ 酪:以牛、羊等乳汁制成的食品。

⑫ 膻:像羊身上的气味,特指羊肉。

⑬ 毳(cuì)幕:毡帐。

⑭ 物故:死亡。

⑮ 即火:用火烧。

⑯ 遗体:古时称自己的身体是父母遗体。

⑰生寄死归:谓生如寄旅,死如归去,不应为之欢欣或哀伤,应处之坦然。
⑱臭皮囊:指人的身体。
⑲庚午:即乾隆十五年(1750)。

〔品读〕

本文是姚元之转载其先曾祖父姚介石记叙的塞外亲身经历,主要写姚介石因掌控军台,走出张家口到达塞北。塞北乃荒漠之地,草木不生,鸟兽绝迹,天气苦寒,飞沙走石,"饮惟酪,食惟膻。毳幕荒凉,孤身寥寂,冰山雪窖,酷冷奇寒"。生存环境极其恶劣,但为了国家信息畅通,姚介石坚守了六年,处之"尚觉坦然",这种忠于职守的爱国精神难能可贵,值得后人学习。文中还写了塞外风俗,"人物故后,弃于荒野,听犬狼食之"。而姚介石坚持棺葬,"不敢以父母遗体饲犬狼,即委之灰烬,亦所不忍",此乃中国几千年的习俗。作者整理并转载先人遗稿,既是彰显祖德,又是教育后人。

管 同

管同(1780—1831),字异之,号育斋。清代上元(今属南京市)人。道光五年(1825)举人。管同是姚鼐著名弟子之一,师事最久,久亲指授,最承许可,实得姚鼐真传。为姚鼐之后桐城派重要作家之一。管同幼年丧父,家贫,不慕名利,终生未仕。其文理精词洁,雄深浩达,简严精邃,曲当法度,奇气盘郁而深稳,不轶准绳,故姚鼐谓为"得古人雄直气"(邓廷桢《因寄轩文初集序》)。著有《因寄轩文集》《因寄轩诗集》《孟子年谱》等。《清史稿》有传。

宝山记游

宝山县城临大海①,潮汐万态②,称为奇观。而予初至县时,顾未尝一出,独夜卧人静,风涛汹汹,直逼枕箪③,鱼龙舞啸,其声形时入梦寐间,意洒然快也④。

夏四月,荆溪周保绪自吴中来⑤。保绪故好奇,与予善。是月既望⑥,遂相携观月于海塘⑦。海涛山崩,月影银碎,寥阔清寒,相对疑非人世境,予大乐之。不数日,又相携观日出。至则昏暗,咫尺不辨,第闻涛声若风雷之骤至⑧。须臾天明,日乃出,然不遽出也⑨。一线之光，低昂隐见⑩，久之而后升。《楚辞》曰："长太息兮将上。"⑪不至此，乌知其体物之工哉⑫？及其大上，则斑驳激射⑬，大抵与月同。而其光侵眸⑭，可略观而不可注视焉。

后月五日，保绪复邀予置酒吴淞台上。午晴风休，远波若镜。南望大洋，若有落叶十数浮泛波间者，不食顷⑮，已皆抵台下，视之皆莫大舟也。苏子瞻记登州之境⑯，今乃信之。于是保绪为予言京都及海内事，相对慷慨悲歌，至日暮乃反。

宝山者，嘉定分县⑰，其对岸县曰崇明⑱，水之出乎两县间者，实大海之支流，而非即大海也。然对岸东西八十里，其所见已极为奇观。由是而迤南⑲，乡所见落叶浮泛处⑳，乃为大海。而海与天连，不可复辨矣。

（选自《因寄轩文初集》卷七）

〔注释〕

① 宝山：县名，在长江口南岸，现属上海市。

② 潮汐：由于月球和太阳对地球各处引力不同所引起的水位周期性涨落的现象。

③ 簟（diàn）：竹席。

④ 洒然：洒脱自得的样子。

⑤ 荆溪：旧县名，在江苏省南部，1912年并入宜兴县。吴中：旧时对苏州府的别称。

⑥望：望日。天文学上指月亮圆的那一天，通常指农历每月十五日。

⑦海塘：为阻挡海潮侵袭而修筑的堤岸。

⑧第：但，只。

⑨不遽出：不骤然升起。

⑩低昂：起伏，升降。

⑪长太息兮将上：《楚辞·九歌·东君》："长太息兮将上，心低徊兮顾怀。"王逸注："言日将去扶桑，上而升天，则徘徊太息，顾念其居也。"古人认为太阳从扶桑升起，屈原用太阳徘徊不忍骤然离开扶桑来形容日出的景象，写得情景交融，形象逼真。

⑫乌知：怎知。体物之工：表现事物的工巧、精确。

⑬激射：强光四射。

⑭侵眸：刺眼。

⑮不食顷：不到一顿饭的时间。

⑯登州：州、府名，位于山东半岛东端，治所在牟平。1913年废。

⑰嘉定分县：嘉定分出的县。宝山原为嘉定县地，清代分出为宝山县。

⑱崇明：县名，即长江口崇明岛，现属上海市。

⑲迤南：往南。

⑳乡（xiàng）：过去，从前。

〔品读〕

姚鼐说管同"得古人雄直气"，此文可见。此文篇幅虽短，但作者用简洁明丽的语言，描绘出气势开阔的三幅优美画面:月下观潮、海上日出、午间望海。三种景象有动有静,有黑夜有白天,有壮美有秀丽,互相补充,相映成趣,剪接自然巧妙,绾合无缝。写静夜独卧,风涛汹汹,时入梦寐,使人快意洒然。写月光下的大海,涛吼月碎,寥廓清寒,疑非人世,使人大乐。写海上日出,始则皆暗莫辨,继而隐见,大如圆月,光芒四射,不可注目,使人振奋。至若午晴风静,远波如镜,巨舟若叶,使人无限遐思。这些景象或雄壮,或清寥,或绚丽,或辽阔,色彩斑斓,各具形态,具有强烈的艺术感染力。

尤其值得称道的是,作者把自己时刻牵挂国家民族前途的情怀融入作品中,"言京都及海内事,相对慷慨悲歌"。所慨何事?所悲何来?耐人深思。而管同这种"深湛之思"与全文浑然一体,"理精词洁",增加了文章的厚重感,可谓画龙点睛之笔!

刘　开

刘开(1784—1824),字方来,一字明东,号孟涂。清代桐城人,诸生。主大雷书院讲席。喜交游,不重科举,终生未仕,专心从事古文写作与研究。刘开是姚鼐著名弟子之一,尽得其师诗、古文法,颇为姚鼐所倚重,谓"此子他日当以古文名家,望溪、海峰之坠绪,赖以复振,吾乡幸也"。可惜早卒,桐城文家常以为恨。其散文写作提倡继承前人传统,主张"以汉人之气体,运八家之成法,本之以六经,参之以周末诸子",然后变而出之,"用之于一家之言"。所写散文明白晓畅,能纵横,有才气;工古文,亦工骈体。刘声木在《桐城文学渊源考》卷四中说:"其为文,天才宏肆,光气煜爚,能畅达其心之所欲言。""所论于学术盛衰之辨,士风升降之由,国脉所以维持,人才所由兴替,剀切详明,如指诸掌。而且悱恻深厚之意,惓惓流露于行墨之间。其文飘忽而多奇,博辨驰骋,光气发露,不可掩遏;体兼众妙而能事各呈,固由圣籍之贯穿,实乃天才之瑰异。"著有《刘孟涂诗文集》四十四卷。《清史稿》有传。

问　说

君子之学必好问,问与学相辅而行者也。非学无以致疑①,非问无以广识;好学而不勤问,非真能好学者也。理明矣,而或不达于事②;识其大矣,而或不知其细,舍问③,其奚决焉④?贤于己者,问焉以破其疑,所谓就有道而正也⑤。不如己者,问焉以求一得,所谓以能问于不能,以多问于寡也。等于己者,问焉以资切磋,所谓交相问难,审问而明辨之也⑥。

《书》不云乎:"好问则裕。"⑦孟子论求放心⑧,而并称曰"学问之道",学即继以问也。子思言尊德性而归于"道问学"⑨,问且先于学也。古之人虚中乐善⑩,不择事而问焉,不择人而问焉,取其有益于身而已。是故狂夫之言,圣人择之⑪,刍荛之微,先民询之⑫。舜以天子而询于匹夫,以大知而察及迩言⑬,非苟为谦⑭,诚取善之宏也⑮。三代而下,有学而无问。朋友之交,至于劝善规过足矣;其以义理相咨访⑯,孜孜焉唯进修是急,未之多见也,况流俗乎⑰?

是己而非人⑱,俗之同病。学有未达,强以为知,理有未安,妄以臆度,如是,则终身几无可问之事。贤于己者,忌之而不愿问焉;不如己者,轻之而不屑问焉;等于己者,狎之而不甘问焉⑲。如是,则天下几无可问之人。人不足服矣,事无可疑矣,此唯师心自用耳⑳。夫自用,其小者也。自知其陋而谨护其失㉑,宁使学终不进,不欲虚以下人,此为害于心术者大㉒,而蹈之者常十之八九。

不然,则所问非所学焉。询天下之异文鄙事以快言论㉓,甚且心之所已明者,问之人以试其能,事之至难解者,问之人以穷其短。而非是者,虽有切于身心性命之事,可以收取善之益㉔,求一屈己焉而不可得也㉕。嗟乎!学之所以不能几于古者㉖,非此之由乎!

且夫不好问者,由心不能虚也;心之不虚,由好学之不诚也,亦非不潜心专力之故。其学非古人之学,其好亦非古人之好也,不能问,宜也。

智者千虑,必有一失。圣人所不知,未必不为愚人之所知也;愚人之所能,未必非圣人之所不能也。理无专在㉗,而学无止境也。然则问可少耶?《周礼》:"外朝以询万民。"㉘国之政事,尚问及庶人。是故贵可以问贱,贤可以问不肖㉙,而老可以问幼,惟道之所成而已矣㉚。孔文子不耻下问,夫子贤之㉛。古人以问为美德,而并不见其有可耻也,后之君子反争以问为耻。然则古人所深耻者,后世且行之而不以为耻者多矣。悲夫!

(选自《孟涂文集》卷二)

〔注释〕

① 致疑:有疑问。

② 不达于事:不能用于实际。

③ 舍:除去。

④ 其奚决焉:怎样作出决断呢?

⑤ 就有道而正:向有道的人请教以正是非。《论语·学而》:"就有道而正焉,可谓好学也已。"

⑥ 审:详查,细究。

⑦ 好问则裕:《尚书·仲虺之诰》:"好问则裕,自用则小。"裕:宽绰,广博。

⑧ 孟子论求放心:《孟子·告子上》:"学问之道无他,求其放心而已矣。"求放心:求其失掉的本心、善心。放:遗失。

⑨ 子思言尊德性而归于"道问学":意为崇尚道德,必须通过好问求学来达到。子思:战国初期哲学家,孔子之孙,名伋。相传《礼记》中的《中庸》《表记》《坊记》是他的著作。《中庸》:"尊德性而道问学。"

⑩ 虚中乐善:虚心并乐于学习他人的长处。中:内心。

⑪ "是故狂夫"二句:《论语·微子》:"楚狂接舆歌而过孔子,曰:'凤兮,凤兮,何德之衰!往者不可谏,来者犹可追。已而,已而,今之从政者殆而!'"孔子听了,认为这话有可取之处。

⑫ "刍荛"二句:《诗经·大雅·板》:"先民有言,询于刍荛。"刍荛(chú ráo):割草砍柴的人。先民:古代贤人。

⑬ 以大知而察及迩言:《中庸》:"子曰:舜其大知也与!舜好问而好察迩言。"迩:近。

⑭ 非苟为谦:并非随便表示谦虚。苟:苟且,随便。

⑮ 取善之宏：广泛吸取别人的长处。

⑯ 咨访：咨询，询问。

⑰ 流俗：《孟子·尽心下》："同乎流俗，合乎污世。"朱熹注："流俗者，风俗颓靡，如水之下流，众莫不然也。"后泛指世俗或世俗之人。

⑱ 是己而非人：肯定自己而否定别人。

⑲ 狎(xiá)：亲近。

⑳ 师心自用：以自己的心为师，只相信自己的意见，只按自己的意见行事。

㉑ 谨护：小心谨慎地维护。

㉒ 心术：计谋。《管子·七法》："实也、诚也、厚也、施也、度也、恕也，谓之心术。"

㉓ 异文鄙事：奇字僻典和庸俗浅陋之事。

㉔ 取善：吸取长处。

㉕ 屈己：指屈躬下问。

㉖ 几于古：接近古人。

㉗ 理无专在：真理不能为一人专有。

㉘ 外朝以询万民：到朝门外边去征求民众的意见。语见《周礼·小司寇》："小司寇之职，掌外朝之政，以致万民而询焉。"

㉙ 不肖：不贤。

㉚ 惟道之所成：只要对于道德学问有所帮助。

㉛ "孔文子"二句：《论语·公冶长》："子贡问曰：'孔文子何以谓之文也？'子曰：'敏而好学，不耻下问，是以谓之文也。'"孔文子：春秋时卫国大夫，姓孔名圉(yǔ)，谥文。夫子：对孔子的尊称。

刘　开

〔**品读**〕

　　此篇与韩愈的《师说》堪称姊妹篇。开篇点题:"君子之学必好问",接着阐明"学"与"问"的辩证关系,说明善"问"的重要性。以问及"贤于己者""不如己者""等于己者"三种人有不同的收获,印证善"问"的重要性,严密紧凑。然后,以"虚中乐善",说明"问"先于"学","问"比"学"更重要,并以孟子、子思的名言加以印证,显得更有说服力。文章运用古今人对比、正反对比,明确指出好问则"有益于身",为美德;不好问则"害于心术",为陋习。文章骈散兼用,排比纵横,极具气势。

姚　莹

姚莹(1785—1853),字石甫,号明叔,晚号展和。清代桐城人,姚鼐侄孙。嘉庆十三年(1808)进士,选为福建平和县知县。鸦片战争时期,奉特旨为台湾道,加按察使衔,遇英军来犯,积极组织人员抗击,毁英船,俘英军,受到朝廷嘉奖,进阶二品。清政府与英国议和后,英人谎称并非战败,而是遇风触礁船毁。姚莹因此以"冒功"入刑部狱。后奉命入西藏处理争端。咸丰初,姚莹为广西按察使,参加在永安围攻太平军之役,失败后,随军至湖南,任湖南按察使,病死。早年从姚鼐学古文,以文才著称,为姚鼐著名弟子之一。其为诗古文辞,洞达世务,激昂奋发,磊落自喜,论天下事慷慨有大志,原本性情,自抒心得,不假依傍,不为空谈,博辨驰骋,才气横溢,尤长于议论。著作中颇多关于台湾和西藏问题的资料。著有《东槎纪略》《康輶纪行》《寸阴丛录》《中复堂全集》。《清史稿》有传。

粤东学使后园记①

粤东学使后园者,故五代时南汉"仙湖"地也②。刘䶮既据岭南③,僭帝号四世④,至鋹⑤,不务德政,专行奢暴,大起宫室。树沉香以为柱⑥,雕玳瑁以为梁,明珠耀题⑦,翠羽悬帐,黄金白璧之饰,辉煌璀璨⑧,妖姬鬟女⑨,霓裳千百。乃招聚方士⑩,植不死之草,炼长生之药。凿地为湖,曰"仙湖";壅沙为洲⑪,曰"药洲"。令美人羽士⑫,载玻璃兰桂之舟采药⑬,于湖中作歌,望之缥缈,自以为神仙之乐也。又发徒万人之太湖⑭,运灵璧径丈之石⑮。置湖中者九,谓之九曜。淫侈已极。一旦宋师至,君臣面缚出降⑯。铱尝侍太祖⑰,曰:"今诸国以次破灭,旦夕皆来,愿执梃为诸降王长⑱。"噫!何其陋也。余观《十国春秋》⑲,愚其事。及来广州,访向之所谓"仙湖"不可得⑳,而城南阛阓㉑,乃有此名,盖陵谷变迁久矣。

今学使程公㉒,招余馆署内㉓,乃至其后园。地不数亩,一池泓映㉔,怪石参列㉕,乃知所谓九曜石固在。然或立或卧者仅八,闻其一在布政使廨中㉖,不知谁所移也。石上题刻甚多,翁覃溪学士既考之详矣㉗,又刻石于壁,读之可得首尾。

而余之徘徊于是园者,岂以石哉!方春夏之交,宿雨初霁,缓步其中,修竹娟娟㉘,新篁微脱,鸟声格磔㉙,榕阴参天,小桥斜亘水面,曲栏半毁,风吹衣影,欹侧桥下,如行镜中。过桥一亭,环水而峙,窗牖洞开㉚,水光四入,远近合碧。及夫日落气昏,沉烟初起,倦禽争树,落叶时飞。风止月出,透檐穿树,蒙茏翳密㉛,夜景苍然,俯临深池,幽浏不测㉜。余乃与其徒倚栏而坐,高咏短章,闲谈名理,清风满襟,不觉羁愁之如失也。

且夫善游者,不惟其地,惟其人;不惟其境,惟其时。昔刘氏之盛,此地方为"仙湖",所娱游者岂止九石而已哉。千载以来,寂然都尽。世徒想其繁华,有今昔之感,而不知余今之乐,实有胜于昔人者也。是园本学使所有,乃日以试士在外,不暇游,余乃私而有之。今余又将去,恐后之来者,不皆能乐余之乐,而徒以古迹吊之也。

(选自《东溟文集》卷五)

〔注释〕

① 学使:督学使者的简称,也称学政。清代中叶以后,学政由朝廷派往各省,按期至所属各府、厅主持院试。所派学使均由侍郎、京堂、翰林、科道及部属等由进士出身的官吏充任,三年一任。不问本人官阶大小,在充任学使期间,与总督、巡抚平行。

② 五代、南汉:907年,朱温灭唐称帝,国号梁,史称"后梁",占有中国北方大部分地区,此后相继出现后唐、后晋、后汉、后周,称为"五代"。与此同时,在中国南部及山西地区,先后出现过十国,南汉为十国之一。

③ 刘䶮(yǎn):五代时南汉国君,889年至942年在位,后梁南海王刘隐之弟,曾为刘隐掌管军事。911年刘隐死后,

被封为清海、靖海节度使,封南平王。917年称帝,建都广州。国号大越,次年改国号汉,史称"南汉"。刘䶮,原名岩,称帝后改为"龑",后又改为"䶮"。"䶮"是其自造的字,取《易·乾卦》"飞龙在天"之义。

④ 僭(jiàn):超越本分。四世:南汉共历四帝,分别是刘䶮、刘玢、刘晟、刘铱。

⑤ 铱:即刘铱,五代时南汉国君,958年至971年在位。即位后,国政皆委于宦官龚澄枢和才人卢琼仙等,生活荒淫、奢侈无度,赋敛苛重,政治残暴,宋太祖开宝四年(971),宋兵进迫,降宋,被送至开封,封恩赦侯。

⑥ 沉香:常绿乔木,生长在热带和亚热带地区。木材质地坚硬而重,黄色,有香气,可入药。

⑦ 明珠耀题:用明珠装饰匾额题字。

⑧ 璀璨:光辉灿烂。

⑨ 妖姬鬘(mán)女:妖冶艳丽的妻妾和装饰华美的少女。鬘:璎珞之类的装饰品。印度风俗,男女多取花朵相贯,以饰首或身。

⑩ 方士:讲求神仙方术的人,他们常以谈神仙之术、制不死之药等讨好统治者。

⑪ 洲:水中之地。

⑫ 羽士:道士的别称。《楚辞·远游》:"仍羽人于丹丘兮,留不死之旧乡。""羽人"本指神话中有翅膀能升天的仙人,后因道士多学仙,故称之为"羽士"。

⑬ 玻璃兰桂:此处指造船用的材料。

⑭ 徒:服徭役的人。之:去。

⑮ 灵璧:县名,位于安徽省东北部。

⑯ 面缚:两手反绑。《左传·僖公六年》:"许男面缚衔璧。"杜预注:"缚手于后,唯见其面。"

⑰ 太祖:指宋太祖赵匡胤。

⑱ 执梃:拿着棍棒。

⑲《十国春秋》:清代吴任臣撰,一百四十卷,为传记体的五代时期十国史。

⑳ 向:从前,往昔。

㉑ 阛阓(huán huì):街市。

㉒ 程公:即程国仁,字济棠,号鹤樵,河南商城人。乾隆时进士,曾督学广东,后为浙江、山东、贵州等省巡抚。

㉓ 馆:居。

㉔ 泓(hóng)映:清水映照。泓:水深貌。

㉕ 参(cēn)列:错杂排列。

㉖ 廨(xiè):官吏办事的地方。

㉗ 翁覃溪:即翁方纲,字正三,号覃溪,直隶大兴(今属北京)人。清代著名书法家、金石学家。官至内阁大学士。著有《两汉金石记》《汉石经残字考》《复初斋文集》等。

㉘ 嬛(pián)娟:美丽貌。

㉙ 格磔(zhé):鸟鸣声。

㉚ 窗牖(yǒu):窗户。

㉛ 翳(yì)密:光线暗弱,隐晦不清。

㉜ 幽泂:幽深澄澈。

〔品读〕

此文是嘉庆十六年(1811),姚莹在广州居学使程国仁署中时所写。这是一篇借景抒怀、感慨古今的文章。作者写五代时南汉统治者"专行奢暴""淫侈已极",终为历史冲洗已尽的史事,但没有就此发表富贵不足恃、繁华不能久之类的人事无常的感慨,而是接着写园林之幽美及自己居此园林得以排遣羁愁之乐,并转而论自己得此园林之乐,较当年的暴君徒以是园为淫乐之所更胜。这样的写法,不入一般吊古之作的俗套,别开生面,富有新意。在中期桐城派文人的"记"体文中,这是较有切实内容的一篇。

梅曾亮

梅曾亮(1786—1856),原名曾荫,字伯言。清代上元(今属南京)人。道光二年(1822)进士,因不肯做外官,纳资得为户部郎中。晚年告归,主讲扬州书院。

梅曾亮为姚鼐著名弟子之一,居京师二十余年,向其求教作文法者不绝,朱琦、龙启瑞、王拯等人常相质疑,曾国藩早年也曾攀附。朱琦有诗道:"文事今再盛,四海勤造请。"反映了当时的真实情况。姚鼐死后,梅曾亮成了桐城派的中心人物。其为文义法一本之桐城,精悍简质,清夷往复,独深于性情,实有精到处,能窥昌黎门径,能穷尽笔势之妙,足以自树一帜。他主张散文创作"因时立言",以"昌明道术,辨析是非治乱为己任"(《上汪尚书书》),提倡诗文要表现真情实感,要写"人之真"。早年喜骈文,后在管同等影响下,专攻古文。所作散文,为时人所推重。著有《柏枧山房文集》《柏枧山房诗集》。《清史稿》有传。

钵山余霞阁记①

江宁城,山得其半②。便于人而适于野者③,惟西城钵山,吾友陶子静偕群弟读书所也。因山之高下为屋④,而阁于其巅,曰"余霞",因所见而名之也。

俯视,花木皆环拱升降⑤,草径曲折可念⑥;行人若飞鸟度柯叶上⑦。西面城,江自南而东⑧,青黄分明⑨,界画天地⑩。又若大圆镜,平置林表⑪,莫愁湖也。其东南,万屋沉沉⑫,炊烟如人立,各有所企⑬,微风挠之,左引右挹⑭,绵绵缗缗⑮,上浮市声,近寂而远闻。

甲戌春⑯,子静舣同人于其上⑰,众景毕现,高言愈张⑱。子静曰:"文章之事,如山出云,江河之下水,非凿石而引之,掘渠而导之者也,故善为文者,有所待⑲。"曾亮曰:"文在天地,如云物烟景焉,一瞥存之间,而遁乎万里之外,故善为文者,无失其机。"管君异之曰:"陶子之论高矣。后说者,于斯阁亦有当焉⑳。"遂书以为之记。

(选自《柏枧山房全集·文集》卷十)

〔注释〕

① 钵山:在南京。管同《余霞阁记》云:"由四望矶迤而稍南,有冈隆然而复起,俗名曰'钵山'。"

② 得其半:占有一半。

③ 适于野:畅快于郊外,言有郊野之趣。适:畅快。

④ 因:顺随,顺着。

⑤ 环拱:环绕。

⑥ 可念:可爱。韩愈《殿中少监马君墓志》:"姆抱幼子立侧,眉目如画,发漆黑,肌肉玉雪可念。"

⑦ 柯叶:枝叶。柯:草木的枝茎。

⑧ 江：长江。
⑨ 青黄：指天色和江水。天为青色，江水为黄色。
⑩ 界画天地：把天地清楚地划分开。
⑪ 平置林表：平放在树林上面。表：树梢。
⑫ 沉沉：多而密。
⑬ 企：企望，盼望。形容"如人立"的炊烟的情态。
⑭ 左引右挹：左右牵引摆动。
⑮ 绵绵缗(mín)缗：延续不断的样子。
⑯ 甲戌：即嘉庆十九年(1814)。
⑰ 觞同人：请志趣相同的人饮酒。觞：饮酒，这里指请人饮酒。
⑱ 高言愈张：高谈阔论越加不受拘束。
⑲ 有所待：指写文章要酝酿成熟，有了写作欲望时再动笔，不要急于求成。
⑳ "后说者"二句：指梅曾亮的话，对于"余霞阁"也是适用的。

〔品读〕

梅曾亮在文末说："文在天地，如云物烟景焉，一默存之间，而遁乎万里之外，故善为文者，无失其机。"他所讲的就是对朝夕万变的"云物烟景"要善于捕捉，工笔细描。此文写作者登高观景。近景："花木皆环拱升降，草径曲折可念。"描写细致入微，"行人若飞鸟"，回应"俯视"，比喻生动贴切。一个"度"字，化静为动，妙不可言，映托出花木繁茂、枝叶郁郁葱葱，却又在不言中，给人以想象空间。远景：平视江宁城,先宕开一笔,衬托出"界画天地"的虎踞龙盘气象,视野极为开阔,写湖、写万屋、写炊烟,声色动静互相配合,比喻、拟人穿插运用,"上浮市声"的景致尽收眼底,令人心旷神怡。这种寓情于景的妙笔,在桐城派作家中是不多见的。

朱 琦

朱琦(1803—1861),字濂甫,一字敬庵,号伯韩。清代广西桂林人。为桐城派在广西的代表人物。道光十五年(1835)进士,改翰林院庶吉士,散馆,授编修,官至御史。留心经济,屡上章奏陈天下大计,与苏廷魁、陈庆镛并称"谏垣三直",风采凛然,但不得志。咸丰十一年(1861)到浙江候选,遇太平军攻杭州,办团练守城,城破而死。早年在京城尊崇梅曾亮,并向其求教古文法,文得方苞、姚鼐之传,晖丽掩雅,变而不离其宗;善叙事而能自成一家。为梅曾亮所赏识,与吕璜、龙启瑞、王拯、彭昱尧号称"岭西五家",梅曾亮感叹:"天下之文章,其萃于岭西乎!"著有《怡志堂诗文集》。《清史稿》有传。

名实说

孰难辨①?曰:名难辨。名者,士之所争趋而易惑②。天下有乡曲之行③,有大人之行。乡曲、大人,其名也;考之其行,而察其有用与否,其实也。

世之称者曰谨厚、曰廉静、曰退让,三者名之至美者也,而不知此乡曲之行也,非所谓大人者也。大人之职,在于经国家④,安社稷⑤,有刚毅大节,为

朱 琦

人主畏惮⑥；有深谋远识，为天下长计；合则留⑦，不合以义去。身之便安⑧，不暇计也；世之指摘，不敢逃也。今也不然，曰：吾为天下长计，则天下之衅必集于我⑨；吾为人主畏惮，则不能久于其位。不如谨厚、廉静、退让，此三者，可以安坐无患，而其名又至美也。夫无其患而可久于其位，又有天下美名，士何惮而不争趋于此？故近世所号为公卿之贤者，此三者为多矣。当其峨冠襜裾⑩，从容步趋于庙廊之间⑪，上之人不疑，而非议不加，其沉深不可测也。一旦遇大利害，抢攘无措⑫，钳口挢舌而莫敢言⑬，而所谓谨厚、廉静、退让，至此举无可用。于是始思向之为人主畏惮而有深谋远识者⑭，不可得矣。且谨厚、廉静、退让，三者非果无用也，亦各以时耳。

古有负盖世之功，而思持其后⑮，挟震主之威⑯，而唯恐不终，未尝不斤斤于此。有非常之功与名，而斤斤于此，故可以蒙荣誉，镇薄俗⑰，保晚节。后世无其才而冒其位⑱，安其乐而避其患，假于名之至美⑲，悯然自以为足⑳，是藏身之固，莫便此三者，孔子之所谓鄙夫也㉑。其究乡原也㉒，是张禹、胡广、赵戒之类也㉓。甚矣，其耻也。

且吾闻大木有尺寸之朽而不弃，骏马有奔蹶之患而可驭㉔。世之贪者、矫者、肆者，往往其才可用。

今人貌为不贪、不矫、不肆而讫无用㉕,其名是,其实非也,是故君子慎其名,乡曲而有大人之行者荣,大人而为乡曲之行者辱。

(选自《怡志堂文初编》卷二)

〔注释〕

① 孰:哪个。

② 惑:困惑,迷乱。

③ 乡曲:乡里,穷乡僻壤,因偏居一隅,故称"乡曲"。语出《庄子·胠箧》:"治邑屋州闾乡曲者,曷尝不法圣人哉?"旧称闻见少、目光短浅的行为为"乡曲之行"。

④ 经:治理。

⑤ 社稷:我国以农业立国,旧时最重社稷,故常用作国家的代称。

⑥ 为人主畏惮:为君主所畏惧。人主:君主。惮:害怕。

⑦ 合:投合。

⑧ 便(pián)安:安宁,安适。

⑨ 衅:事端。

⑩ 峨冠襜(chān)裾:高冠朝服。峨冠:高高的帽子。襜裾:即襜褕(yú),一种长的单衣。

⑪ 庙廊:朝廷。

⑫ 抢攘:纷乱貌。

⑬ 钳口挢(jiǎo)舌:因害怕而不敢说话的样子。钳口:闭口不言。挢舌:翘起舌条。

⑭ 向:过去,从前。

⑮ 持:处于盛满的状态。后:此处指晚节。

⑯ 挟震主之威:持有震动君王的威势。

⑰ 薄俗:鄙陋的习俗。

⑱ 冒:冒充。

⑲ 假:凭借。

⑳ 悁(xián)然:骄横貌。

㉑ 孔子之所谓鄙夫也:《论语·阳货》:"子曰:鄙夫可与事君也与哉!其未得之也,患得之;既得之,患失之。苟患失之,无所不至矣。"文中所批评的正是孔子指出的这种患得患失的人。

㉒ 究:终归,到底。乡原(yuàn):也称"乡愿",指明哲保身、胆小无能的人。

㉓ 张禹:字子文,西汉轵(今河南省济源市)人,明于经学。汉成帝时,封为安昌侯,并拜相,汉成帝尊以师傅之礼。当时国戚王氏专权,为避祸,数上书求退不得。吏民不满王氏,上书讥讽,张禹每为遮掩。胡广:字伯始,东汉南郡华容(今湖北省监利县)人。赵戒:东汉蜀郡成都(今属四川)人。胡广、赵戒平时以谦让温雅见称。汉质帝时,贵戚梁冀专权,汉质帝不满,梁冀毒死汉质帝欲立汉桓帝,集公卿议。时胡广为司徒,赵戒为司空,皆曰:"唯大将军令。"作者认为张禹、胡广、赵戒的行为都是"乡愿"之举。

㉔ 骏马有奔踶(chí)之患而可驭:意为骏马虽奔驰迅猛,但可以驾驭控制。奔踶:奔驰。踶:通"驰",快跑。

㉕ 讫:最终。

〔品读〕

当时天下承平已久,上下习为容默,士气萎靡,而言官尤不称职。朱琦留心经济,独抱隐忧,著《名实说》。文章开篇提出"辨名",如何分辨?"听其言,观其行",其时诸多士大夫以"谨厚""廉静""退让"之美名见称于世,而行为却令人不齿。作者痛言士大夫假"谨厚""廉静""退让"之名,不以"经国家,安社稷"为虑,而以"为人主畏惮,则不能久于其位"为忧,于是"无其才而冒其位,安其乐而避其患","当其峨冠襜裾,从容步趋于庙廊之间,上之人不疑,而非议不加,其沉深不可测也。一旦遇大利害,抢攘无措,钳口拆舌而莫敢言","甚矣,其耻也"。文章正反对比,层层深入,前呼后应,一气呵成,说理精辟,语言畅达,文风雄健,具有强大的说服力。

吴敏树

吴敏树(1805—1873),字本深,号南屏。清代湖南巴陵人。道光十二年(1832)举人,官浏阳训导。后辞官专治古文,游京师,常与梅曾亮、朱琦、王拯等研讨古文及经学。与曾国藩交往甚深,但拒不加入曾国藩幕府。文章学归有光、方苞,但不以桐城派相标榜,反对树立宗派。然而当时及后世,人们仍把他归入桐城派。擅长山水游记和寓言小品,作品清新流畅,当时即享有文名。著有《柈湖文集》《柈湖诗录》等。《清史稿》有传。

君山月夜泛舟记①

秋月泛湖②,游之上者③,未有若周君山游者之上也④。不知古人曾有是事否⑤,而余平生以为胜期⑥,尝以著之诗歌。今丁卯七月望夜⑦,始得一为之。

初发棹,自龙口向香炉⑧。月升树端,舟入金碧⑨,偕者二僧一客,及费甥、坡孙也⑩。南崖下渔火十数星⑪,相接续而西,次第过之,小船捞虾者也。开上人指危崖一树曰⑫:"此古樟,无虑十数围,根抱一巨石,方丈余。自郡城望山⑬,见树影独出者,此是也。"然月下舟中仰视之,殊不甚高大⑭。余初识之,客黎君曰:"苏子瞻赤壁之游,七月既望,今差一夕尔。"⑮余顾语坡孙:"汝观月,不在斗牛间乎?"⑯因举诵苏赋十数句。

又西出香炉峡中,少北。初发时,风东南来,至是斜背之⑰。水益平不波,见湾埼⑱,思可小泊。然且行,过观音泉口,响山前也。相与论地道通吴中。或说有神人金堂数百间,当在此下耶?⑲夜来月下,山水寂然。湘灵、洞庭君⑳,恍惚如可问者。

又北,入后湖,旋而东,水面对出灯火光,岳州城也。云起船侧,水上瀹瀹然㉑。平视之,已作横长状,稍上,乃不见。坡孙言:"一日晚,自沙嘴见后湖云出水㉒,白团团若车轮巨瓮状者十余积㉓,即此处也。"然则此下近山根,当有云孔穴耶㉔? 山后无居人,有棚于圫者数家㉕,洲人避水来者也㉖。数客舟泊之,皆无人声。转南出沙嘴,穿水柳中,则老庙门矣。《志》称山周七里有奇㉗,以余舟行缓,似不翅也㉘。

既泊,乃命酒肴,以子鸡、苦瓜拌之㉙。月高中天,风起浪作,剧饮当之㉚,各逾本量㉛。超上人守荤戒,裁少饮㉜,啖梨数片㉝复入庙,具茶来。夜分登岸㉞,别超及黎,余四人循山以归。明日记。

(选自《桦湖文集》卷十一)

吴敏树

〔注释〕

① 君山:也叫湘山、洞庭山,今湖南省岳阳市西南洞庭湖,登岳阳楼远望,君山历历在目。相传舜的妃子湘君曾游于此,故名湘山、君山。

② 泛湖:乘船游于湖中。

③ 游之上:游览之最好者。上:上等,最好。

④ 周:围绕,环绕。

⑤ 是事:指围绕君山泛舟游览。

⑥ 胜期:美好的日子。

⑦ 丁卯:即同治六年(1867)。望夜:农历每月十五日为望日,十五之夜为望夜。

⑧ 龙口、香炉:君山地名。

⑨ 金碧:指湖水在月光照耀下呈金碧色。

⑩ 费甥、坡孙:吴敏树外甥名费,孙名坡。

⑪ 渔火:渔船上的灯火。

⑫ 开:同游二僧,一名开,一名超。上人:对僧人的尊称。危崖:高而险峻的山崖。

⑬ 郡城:指岳阳,岳阳旧为巴陵郡治所。

⑭ 殊:很。

⑮ "苏子瞻赤壁之游"三句:苏轼《赤壁赋》:"壬戌之秋,七月既望,苏子与客泛舟游于赤壁之下。"既望:望日的第二天,即农历每月十六日。吴敏树等游君山在七月望日,故云"今差一夕耳"。

⑯ "汝观月"二句:苏轼《赤壁赋》有"月出于东山之上,徘徊于斗牛之间"等摹写月夜景色的句子。此处为吴敏树以苏轼所写文章指导其孙。

⑰ 斜背:偏背风向而行。

⑱ 湾埼(qí):曲折的堤岸。

⑲ "相与论地道通吴中"三句:陶澍《登君山记》:"君山有穴,通吴之包山,郭璞《江赋》所言巴陵地道也。又《拾遗记》云:'洞庭之山,浮于水上,其下有金堂数百间。'故知山本中空,而二洞(按:君山有龙、虎二洞)则往来之门户。"

⑳ 湘灵:湘水之神,传说舜的妃子溺死在湘水,就做了湘水神。《梦辞·远游》:"使湘灵鼓瑟兮,令海若舞冯夷。"王逸注以湘灵为"百川之神"。洞庭君:即湘君。

㉑ 滃(wěng)滃然:云气涌起的样子。

㉒ 沙嘴:君山地名。

㉓ 积:此处指云块。

㉔ 云孔穴:古人认为云出于岩穴。

㉕ 坳(ào):山间平地。

㉖ 洲人:在洲上居住的人。洲:水中之地。

㉗ 《志》:当指《岳阳县志》。山周:绕山一周。有奇(jī):有零。七里有奇:即七里多。

㉘ 翅:通"啻(chì)",只,仅。

㉙ 子鸡:小鸡。苦瓜:蔬菜名,有苦味。

㉚ 剧饮:痛快饮酒。

㉛ 各逾本量:每人都超过了自己平时的酒量。

㉜ 裁:通"才",仅仅。

㉝ 啖:吃。

㉞ 夜分:半夜。

吴敏树

〔品读〕

本文作于同治六年(1867),为吴敏树晚年家居时的作品。当年七月十五日圆月当空之夜,他与当地僧人及子孙辈,结伴泛舟漫游洞庭湖、君山。其间赏渔火、观古樟、诵苏赋、谈神仙、眺岳州、察云气、看客舟、穿柳丛,而后泊舟饮酒,入庙喝茶,至夜半登岸,循山而归。次日,吴敏树欣然命笔作此记。

文章开头便层层递进铺垫,反复烘托,让读者充分认识此次月夜泛舟游览所独有的奇趣。然后以小舟的行进为线索,写景、状物、记事。先由湖面,而高山,而天空,向上不尽延伸;后由水面,而水下,而水底,向反方向不尽延伸。如此运笔,既富有变化,又层次井然,月光湖色前后不同特色,月下君山诸般美妙景色,立体地呈现于人们面前。意境静谧,幽远而深邃。作者还善于由当前风光景物,生发富有浪漫色彩的联想,如由同游者黎君所言联想到当年苏轼畅游赤壁,以及他《赤壁赋》中的咏月名句;由观音泉口联想到"地道通吴中";由"神人金堂数百间"联想到"恍惚如可问"的"湘灵""洞庭君";由"此下近山根"联想到"当有云孔穴"。现实美景与虚幻的笔墨就这样水乳交融,月下君山平添了一分迷离的色彩,由此也可体会到作者恬淡、宁静的心境与情怀。

曾国藩

曾国藩(1811—1872),字伯涵,号涤生。清代湖南湘乡人。道光十八年(1838)进士,道光二十三年(1843)以翰林院检讨典试四川。转侍读,累迁内阁学士、礼部侍郎,署兵部。后因镇压太平军立功,官至两江总督、武英殿大学士。死后谥号"文正"。学宗程朱理学,文承桐城传统,推崇方苞、姚鼐,以中兴桐城派古文为旗帜,广纳弟子,培养人才,为桐城派在清代中后期的发展作出了积极贡献。于桐城派文论有所发展,在"义理、考证、文章"之外,补充并强调"经济"的重要性,扩大桐城派古文的写作范围,以适应新的形势。著有《曾文正公全集》,编选《经史百家杂钞》等。《清史稿》有传。

原　才

风俗之厚薄,奚自乎①?自乎一二人之心之所向而已。民之生,庸弱者戢戢皆是也②。有一二贤且智者,则众人君之而受命焉③,尤智者所君尤众焉。此一二人者之心向义④,则众人与之赴义;一二人者之心向利,则众人与之赴利。众人所趋,势之所归,虽有大力,莫之敢逆。故曰:"挠万物者莫疾乎风⑤。"风俗之于人之心,始乎微,而终乎不可御者也⑥。

先王之治天下,使贤者皆当路在势⑦,其风民也皆以义⑧,故道一而俗同。世教既衰⑨,所谓一二人者,不尽在位,彼其心之所向,势不能不腾为口说而播为声气⑩。而众人者,势不能不听命而蒸为习尚⑪。于是乎徒党蔚起,而一时之人才出焉。有以仁义倡者,其徒党亦死仁义而不顾;有以功利倡者,其徒党亦死功利而不返。水流湿,火就燥⑫,无感不雠⑬,所从来久矣。

今之君子之在势者,辄曰:"天下无才。"彼自尸于高明之地⑭,不克以己之所向,转移习俗而陶铸一世之人。而翻谢曰"无才"⑮,谓之不诬,可乎?否也。十室之邑⑯,有好义之士,其智足以移十人者,必能拔十人中之尤者而材之。其智足以移百人者,必能拔百人中之尤者而材之。

然则转移习俗而陶铸一世之人,非特处高明之地者然也。凡一命以上⑰,皆与有责焉者也。有国家者,得吾说而存之,则将慎择与共天位之人⑱;士大夫得吾说而存之,则将惴惴乎谨其心之所向,恐一不当,而坏风俗,而贼人才⑲。循是为之,数十年之后,万有一收其效者乎,非所逆睹已⑳。

(选自《曾文正公文集》卷二)

〔注释〕

① 奚自:来自哪里。奚:疑问代词,何。

② 庸弱:平庸懦弱。戢(jí)戢:聚集的样子。

③ 君:对人的尊称,此处指尊敬。受命:受教。

④ 向义:倾向于义。

⑤ 挠万物者莫疾乎风:语出《易经·乾卦·文言》。挠:摇动。

⑥ 御:驾驭。

⑦ 当路在势:掌握政权,有权势。

⑧ 风:教化。

⑨ 世教:占统治地位的思想,引申为孔孟之道。

⑩ 腾为口说:用口来讲说。播为声气:广泛传播并成为风气。腾:传送。

⑪ 蒸为:慢慢变成。蒸:蒸发,指液体化为气体而上升。这里借以形容风俗,意思是发展、形成、演变。

⑫ "水流湿"二句:语出《易经·乾卦·文言》。就:趋向。

⑬ 雠(chóu):应答。

⑭ 尸:主持,执掌。高明:显贵。

⑮ 翻:反。谢:告诉。

⑯ 十室之邑:语出《论语·公冶长》,言小邑。

⑰ 一命以上:周制,任官自一命以至九命,一命为最低者。

⑱ 天位:王位,帝位。
⑲ 贼:伤害。
⑳ 逆睹:预见。

〔品读〕

自韩愈作《原道》,后人多取法之。本文名《原才》,即专论人才,推其本原,反映了曾国藩的人才观。作者认为,风俗的转变,来自一二贤智者的引导,治理国家,就要使这一二贤智者"当路在势"。天子应慎重选择辅相;士大夫应注意其行为在转移世风、淳厚风俗中的作用。首先,文章起笔作诘问之词,从风俗厚薄的根源入手,论述人心与风俗的关系。其次,从先王治天下的经验入手,正面阐述风俗转移与才士之间的感应,言贤智在下,亦足以成一时之人才。再次,从反面言后世之在上者败坏人才。又从正面言在下者皆有育才之责,以与前文相呼应。最后,从在上、在下两方面予以总结,以期望终篇,显示作者寄希望于少数贤智者来挽救清王朝颓势的良苦用心。全文极擒纵离合之妙,神似苏文,而理气充足,深得桐城文章行文之妙。薛福成称赞"曾国藩知人之鉴,超轶古今。或邂逅于风尘之中,一见以为伟器;或物色于形迹之表,确然许为异材"。曾国藩一向重视、培养、奖掖人才,以此成就其不朽盛业。这篇文章作于道光二十六年(1846),属早期作品,可见其志业所成有自来。

欧阳生文集序

　　乾隆之末,桐城姚姬传先生鼐,善为古文辞。慕效其乡先辈方望溪侍郎之所为①,而受法于刘君大櫆及其世父编修君范。三子既通儒硕望②,姚先生治其术益精。历城周永年书昌为之语曰:"天下之文章,其在桐城乎!"③由是学者多归向桐城,号"桐城派",犹前世所称江西诗派者也④。姚先生晚而主钟山书院讲席。门下著籍者,上元有管同异之、梅曾亮伯言,桐城有方东树植之、姚莹石甫。四人者,称为高第弟子,各以所得传授徒友,往往不绝。在桐城者,有戴钧衡存庄,事植之久,尤精力过绝人,自以为守其邑先正之法,禅之后进⑤,义无所让也。其不列弟子籍,同时服膺⑥,有新城鲁仕骥絜非、宜兴吴德旋仲伦。絜非之甥为陈用光硕士,硕士既师其舅,又亲受业姚先生之门。乡人化之⑦,多好文章。硕士之群从⑧,有陈学受艺叔、陈溥广敷,而南丰又有吴嘉宾子序,皆承絜非之风,私淑于姚先生⑨。由是江西建昌有桐城之学⑩。仲伦与永福吕璜月沧交友,月沧之乡人,有临桂朱琦伯韩、龙启瑞翰臣、马平王锡振定甫,皆步趋吴氏、吕氏,而益求广其术于梅伯言。由是桐城宗派流衍于广西矣。

昔者，国藩尝怪姚先生典试湖南，而吾乡出其门者，未闻相从以学文为事。既而得巴陵吴敏树南屏，称述其术，笃好而不厌，而武陵杨彝珍性农、善化孙鼎臣芝房、湘阴郭嵩焘伯琛、溆浦舒焘伯鲁，亦以姚氏文家正轨，违此则又何求？最后得湘潭欧阳生。生，吾友欧阳兆熊小岑之子，而受法于巴陵吴君、湘阴郭君，亦师事新城二陈。其渐染者多，其志趣嗜好，举天下之美，无以易乎桐城姚氏者也。

当乾隆中叶，海内魁儒畸士①，崇尚鸿博，繁称旁证，考核一字，累数千言不能休，别立帜志，名曰"汉学"，深摈有宋诸子义理之说②，以为不足复存。其为文，尤芜杂寡要。姚先生独排众议，以为义理、考据、词章，三者不可偏废。必义理为质，而后文有所附，考据有所归，一编之内，惟此尤兢兢⑬。当时孤立无助，传之五六十年，近世学子，稍稍诵其文，承用其说。道之废兴，亦各有时，其命也欤哉！

自洪、杨倡乱⑭，东南荼毒。钟山石城，昔时姚先生撰杖都讲之所⑮，今为犬羊窟宅，深固而不可拔。桐城沦为异域⑯，既克而复失，戴钧衡全家殉难，身亦欧血死矣⑰。余来建昌，问新城、南丰，兵燹之余⑱，百物荡尽，田荒不治，蓬蒿没人，一二文士，转徙无所。而广西用兵九载，群盗犹汹汹，骤不可爬梳⑲，龙君翰臣又物故⑳。独吾乡少安，二三君子尚得优游文学㉑，曲折以求合桐城之辙。而舒焘前卒，欧阳生亦以瘵死㉒。老者牵于人事，或遭乱不得竟其学，少者或中道夭殂。四方多故，求如姚先生之聪明早达，太平寿考㉓，从容以跻于古之作者，卒不可得。然则业之成否，又得谓之非命也耶？

欧阳生名勋，字子和，殁于咸丰五年三月，年二十有几。其文若诗，清缜喜往复㉔，亦时有乱离之慨。庄周云："逃空虚者。""闻人足音跫然而喜，而况昆弟亲戚之謦欬其侧者乎！"㉕余之不闻桐城诸老之謦欬也久矣，观生之为，则岂直足音而已！故为之序，以塞小岑之悲㉖，亦以见文章与世变相因，俾后之人得以考览焉。

（选自《曾文正公文集》卷三）

〔注释〕

① 慕效：敬慕效法。

② 通儒硕望：指精通儒学、名望极高的人。

③ 姚鼐《刘海峰先生八十寿序》引程晋芳、周永年语云："昔有方侍郎，今有刘先生，天下文章，其出于桐城乎？"

④ 江西诗派：以黄庭坚为宗主的宋代诗歌流派。北宋末，吕本中作《江西诗社宗派图》，自黄庭坚以下，列陈师道、潘大临、谢逸、洪刍等，"合二十五人，以为法嗣"（胡仔《苕溪

渔隐丛话前集》)。该派成员以江西籍诗人为主,但并不限于江西籍诗人。

⑤ 禅:传,传授。

⑥ 服膺:衷心信服。

⑦ 化之:受到影响。

⑧ 群从:此处指追随的徒友们。

⑨ 私淑:见《孟子·离娄下》:"予未得为孔子徒也,予私淑诸人也。"后遂称未得身受其教而宗仰其人为私淑。

⑩ 建昌:江西新城,旧属建昌府。

⑪ 畸士:即畸人,不合于世俗的人。《庄子·大宗师》:"子贡曰:敢问畸人?曰:畸人者,畸于人而侔于天。"此处称汉学家为"畸士",表现了作者对汉学家的不满。

⑫ 有宋:即宋朝。"有"为语气助词,无义。

⑬ 惟此尤兢兢:只有义理在文章中是最需要注意的。兢兢:小心谨慎。

⑭ 洪、杨倡乱:指太平天国运动首领洪秀全、杨秀清起义反清。

⑮ 撰杖都讲:手持拐杖主持书院。指姚鼐在南京主讲钟山书院。撰:拿,持。《礼记·曲礼上》:"君子欠伸,撰杖屦。"

⑯ 沦为异域:指被太平军占领。

⑰ 欧(ǒu):通"呕",呕吐。

⑱ 问:访问。兵燹(xiǎn):战争造成的焚烧破坏等灾害。

⑲ 爬梳:梳理、整理。此处指时局混乱,不可治理。韩愈《送郑尚书序》:"蜂屯蚁杂,不可爬梳。"

⑳ 物故:亡故、死亡。《汉书·苏武传》:"前以降及物故,

凡随武还者九人。"颜师古注:"物故谓死也,言其同于鬼物而故也。"

㉑ 优游文学:从事于文学创作。

㉒ 瘵(zhài)死:病死。

㉓ 早达:指姚鼐年轻时即取得功名。太平寿考:平安高寿。

㉔ 清缜(zhěn):清淡缜密。缜:缜密,精密。往复:回环反复。

㉕ "庄周"二句:出自《庄子·徐无鬼》,原文作"逃虚空者",外逃在荒无人迹之处者。跫(qióng)然而喜:谓因听到脚步声而欣喜。謦欬(qǐng kài):借指谈笑。

㉖ 塞:弥补,抵偿。

〔品读〕

桐城派自创立至曾国藩时已历一百余年,应当有一个总结与展望,曾国藩以其《欧阳生文集序》出色地完成了这一使命,该文也就成了研究桐城派的重要史料。本文开篇以简练而清晰的笔墨勾勒出桐城派百余年的发展史,彰显桐城三祖的师承关系,突出姚鼐在桐城派中集大成和扩大门派的地位和作用,着力渲染桐城派形成时的影响和气势,然后从著籍弟子到各处服膺、私淑者依次说来,引出江西、广西两大支派,并单立一段专叙湖南支派的发展,揭示其与江西支派的横向联系,得出"举天下之美,无以易乎桐城姚氏者也"的结论。笔锋一转,描写桐城派在战乱中的衰落景象,与前文兴旺气象形成对照,以致"不闻桐城诸老之謦欬也久矣",发出"以见文章与世变相因"的感叹,余味曲包,神酣情足。从表面上看,曾国藩对以姚鼐为中心的桐城派表示出极大的尊崇,表明自己将遵循桐城派传统,其实,以相对含蓄的方式表达了自己别树一帜、起衰振弊的愿望。作为志向远大的经世名臣,曾国藩决不肯久居桐城派大师姚鼐、梅曾亮之下。然而,即便曾氏别立的湘乡一派在近代建树颇多,但终究还是被纳入桐城派的大系统中而载入文学史册。

冯志沂

冯志沂(1814—1867),字述仲,号鲁川。清代山西代州人。道光十六年(1836)中进士。师事梅曾亮,受古文法,称高第弟子。其文继承桐城派传统,"清微简淡,气体谨严,神味隽永而激宕沉雄",深得时人好评。著有《微尚斋诗集初编》四卷、《微尚斋诗续集》二卷,《适适斋文集》二卷,公牍若干卷。

送余小颇先生出守雅州序①

志沂幼失学,自应试文外无所措意②。通籍后始为诗,又好随俗,为纤靡之音③。戊戌春④,于友人所见小颇先生文,求介以见,因呈所为诗。先生涂乙过半⑤,心初不能平,徐取古人诗读之,乃始恧然愧汗⑥,悉取旧作焚弃之。自是有作,非经先生可否,不敢以示人。

先生所居去余居仅十步,时沂初官京师,吾母不令多结客,顾雅重先生⑦。每先生至,吟啸声作,辄辍刀尺以听。入必问曰:"书舍客,余君耶?其吟声吾耳熟之矣。"先生尝为吾母寿序,亦举此。

盖是时,两人无日不相见,恒自朝至暮不去⑧。

饭至即饭,其饮馔未尝豫戒家人⑨。其坐次酬对,一惟意所适,未尝为主客礼。他客至,多瞯然怪之⑩,而吾两人者,但知相见之为乐,不知人世间有是非毁誉与聚散离合之足感也。后数年,先生移居益近,而官事及人事益繁,沂亦稍以职事见拘⑪。两人恒旬日不相见,然每读书有疑,及得创解,必以闻,两家童仆日或三四返。

今先生膺简命⑫,出守雅州,去京师数千里,同人皆喜。虽沂亦幸先生禄养之逮其亲而稍行其志也⑬。顾自以业不加修,而去其所资以处者,意惝然⑭,不能无怅怅⑮。古人云:何以处我,今乃知是言之有当于人心也。

(选自《适适斋文集》卷一)

〔注释〕

① 余小颇:即余坤(1804—1862),字子容,号小颇。浙江诸暨人。道光九年(1829)中进士。道光二十四年(1844),选授四川雅州府知府,署建昌雅宁嘉兵备道、宁远府知府。为官清廉,体恤百姓,颇有政声,与梅曾亮相友善。雅州:今属四川省雅安市。

② 措意:留意,注意。

③ 纤靡:纤巧柔弱。

④ 戊戌:即道光十八年(1838)。

⑤ 涂乙:删去改动,泛指修改文章。涂:抹去。乙:勾画。

⑥恧(nǜ):惭愧。愧汗:因羞愧而流汗,形容羞愧到了极点。

⑦顾:反而,却。雅重:甚敬重。

⑧恒:经常。

⑨饮馔:饮食。豫戒:预先告知。

⑩矎(xuè):惊视貌。

⑪职事:职务内的事情。见拘:因为工作的关系受到限制。

⑫简命:简任,选派任命。

⑬禄养:以官俸养亲。古人认为官俸本为养亲之资。

⑭惝然:失意貌。

⑮怅怅:失意的样子。

〔品读〕

此文写在好友余小颇离京任职之际。文章先是正面描述自己和余君相识、相交、相知的经过,求见是因为久仰余君之才。见面后,余君的率直、真诚,让自己感到羞愧,并从此成为至交,在不知不觉中,让人感受到朋友是如何亲近的。再举其母雅重余君之例,更加突出余君过人之处。中间一段详述二人日渐相知到如胶似漆,终成诤友,运用了侧面描写之法。作者借母亲和朋友之口,写出自己和余君彼此心意相通,性情相近,不拘世俗常礼。后因公务繁忙,疏于往来,但仍一往情深,常念于心。看似平淡无奇,实则感人至深。所以王拯称此文"意质而神气敛静"。

王　拯

王拯(1815—1876)，初名锡振，字定甫，号少鹤，又号龙壁山人，因服膺北宋名臣包拯，后改名锡拯、拯。清代广西马平人。道光二十一年(1841)进士，官至通政司通政使，曾多次上疏议政，以直言见忌，被降职。同治初，归主桂林榕湖经舍、秀峰讲舍。尝师事梅曾亮受古文法，并与同乡朱琦、龙启瑞等切磋古文，为文清淡而富有感情，议论、记事都有自己的个性。著有《龙壁山房文集》《龙壁山房诗草》《茂陵秋雨词》《归方评点史记合笔》等。《清史稿》有传。

媭砧课诵图记①

《媭砧课诵图》者，锡振官京师所作也②。锡振之官京师，姊在家奉其老姑③，不能来。今姑殁矣，姊复寄食二姊④，阻于远行⑤。锡振自官京师之日，蓄志南归，以迄于今，颠顿荒忽⑥，琐屑自牵⑦，以不得遂其志。

念自七岁时，先妣殁⑧，遂来依姊氏。姊适新寡，又丧其遗腹子⑨，茕茕独处⑩。屋后小园，数丈余，嘉树荫之⑪；树荫有屋二椽⑫，姊携锡振居焉。锡振十岁后，就塾师学，朝出而暮归。比夜⑬，则姊恒执女红⑭,篝一灯⑮,使锡振读其旁。夏夜苦热,辍夜课,天黎明辄呼锡振起,持小几就园树下读。树根安二巨石,一姊氏捣衣以为砧,一使锡振坐而读。读日出,乃遣入塾,故锡振幼时,每朝入塾,所受书乃熟于他童。或夜读倦,闲逐于嬉游⑯,姊必涕泣告以母氏劬劳瘁死之状⑰,且曰:"汝今弗勉学⑱,贻母氏地下戚矣⑲。"锡振哀惧,泣告姊:"后无复为此言。"

呜呼!锡振不肖,年三十矣。念十五六时,犹能执一卷就姊氏读,日惴惴然于悲哀穷戚之中,不敢稍自放弃。自二十后出门,不复读,业日益荒怠⑳。念姊氏之教不可忘,故为图以自省,冀使其身依然日读姊氏之侧,庶免其隳弃之日深㉑,而终于无所成邪。

为之图者,同年友陈君名铄,知余良悉,故图属也。

(选自《龙壁山房文集》卷五)

〔注释〕

① 媭(xū)砧课诵图:图画名。媭:古代楚人称姊为媭。砧:捣衣石。课诵:按计划的进度读书。谓伴着姐姐的捣衣石声做功课。

② 官京师:在京城做官。

③ 老姑:上年纪的婆婆。
④ 寄食:依托别人生活。
⑤ 阻于远行:因路途遥远而受阻。
⑥ 颠顿荒忽:颠沛困顿,不得安定。荒(huǎng):同"慌",模糊,不真切。忽:恍惚,不分明貌。
⑦ 琐屑自牵:被自身的烦琐事务所牵累。
⑧ 先妣(bǐ):母亲死后称先妣。
⑨ 遗腹子:妻子在丈夫生前怀孕,在丈夫死后生的孩子。
⑩ 茕(qióng)茕:孤独无依的样子。
⑪ 嘉树:茂美的树。
⑫ 椽(chuán):房屋的间数。屋二椽:即房屋两间。
⑬ 比夜:到夜晚。比:待到,等到。
⑭ 恒执女红:总是做着针线活。女红:亦作"女功""女工",旧时指妇女常做的纺织、缝纫、刺绣等活计。
⑮ 篝(gōu)一灯:用灯罩把灯罩起来。"篝灯"原意谓用竹笼罩着灯光。篝:竹笼,此处泛指灯罩。
⑯ 逐:追逐。
⑰ 劬(qú)劳瘁死:劳累忧病而死。
⑱ 勉学:努力学习。勉:尽力,努力。
⑲ 戚:忧愁。
⑳ 荒怠:荒疏懈怠。
㉑ 庶免:幸免,希望免除。庶:欣幸,希冀。

〔品读〕

道光二十四年(1844),王拯为感念姐姐对自己的抚育督课之恩,请友人陈铄绘《媭砧课诵图》,并自为序。作者有意从图落笔,引出对姐姐的感激与思念,由此而直接切入对儿时生活的回忆,重点追叙婴砣课诵的情景,然后归结到绘图自警结束,末尾宕开一笔,补叙此图作者,回应开头,首尾绾合。全文结构之严密,承转衔接之巧妙,均令人称绝。而更为难得的是,所有场景以追忆的形式加以再现,都能景随情移,历历如绘。活动场景随着时空的迁移而不断变化,但长姊抚教幼弟的深情厚谊始终贯注其间,愈积愈浓,让作者时时自励与反省,甚至产生"其身依然日读姊氏之侧"的幻象。叙事兼写景,话旧带感伤,无怪乎《续修四库全书提要》称之为"沉痛已极,发于至性,真乃神似归有光"。此文一出,一时好友朱琦、曾国藩、梅曾亮、邵懿辰、冯志沂、孙衣言等数十人或咏其意于诗,或叙其事于跋,可见此文感人至深。

方宗诚

方宗诚(1818—1888),字存之,号柏堂,别号毛溪居士、西眉山人。清代桐城人,方东树从弟。诸生。同治三年(1864),于曾国藩幕中治文书。旋即由曾国藩奏以知县留补江苏,复奏调任直隶枣强县令,任内创敬义书院。光绪六年(1880)告归,隐居著述。曾从学于方东树,治经学兼治古文,将"晰理""纪事""抒情"看成文章之用,而"至诚之道充于中"。著有《柏堂经说》《柏堂集》等,又与同乡戴钧衡合编《桐城文录》。《清史稿》有传。

桐城文录序①

桐城文学之兴,自唐曹孟征②。宋李伯时兄弟③,以诗词翰墨,名播千载。及明三百年,科第、仕宦、名臣、循吏、忠节、儒林,彪炳史志者,不可胜书。然是时风气初开④,人心醇古朴茂,士之以文名者,大都尚经济⑤,矜气节,穷理博物,而于文则未尽雅驯,以复于古。郁之久,积之厚,斯发之畅。逮于我朝,人文遂为海内宗,理势然也。盖自方望溪侍郎、刘海峰学博、姚惜抱郎中三先生相继挺出,论者以为侍郎以学胜,学博以才胜,郎中以识胜,如太华三峰⑥,矗立云表,虽造就面目各自不同,而皆足继唐宋八家文章之正轨,与明归熙甫相伯仲。乌呼!盛哉!然余又尝总观桐城先辈文,三先生外,其前后及同时者,无虑五六十家⑦。虽不足尽登作者之堂,而其各有所得,堪以名家者复数人。其余或长经术,或优政事,或论学论文、纪忠纪孝,亦足以广见闻,备掌故⑧。

今夫言天文者,以日月为明,而恒星之熹微⑨,亦未能或遗也;言地文者,以海岳为大,而泉石之幽窈,亦未能或略也;今世之言人文者,以唐宋八家、明归熙甫为斗极矣⑩,而李翱、皇甫湜、孙樵、晁无咎、唐顺之、茅坤之撰著⑪,亦未尝不流布于后世也。然而,文胜则质丧,巨帙重编,而于事理无关切要,徒乱学者之耳目,纷后人之心志,则又不可不精别慎择,以定其指归⑫。

曩者,康熙间何存斋、李芥须辑《龙眠古文》数十卷⑬,大抵多明人之文也。咸丰壬子春⑭,余与友人戴存庄论吾桐之文,以我朝为盛。然物盛则必反其本,然后可以久而不敝。天地之气运流行,不能自已,畜久则必盛,盛久则必靡,亦理势然也。去其靡以救其敝,岂非乡后进者之责与?因相与取诸先辈文,精选得数十卷,大约以有关于义理、经济、事实、考证者为主，而皆必归于雅驯。其空文无事理，或虽有事理而文鄙倍者⑮，不录。按时代以分卷次，其大家或数卷至十余卷，其足名一家者，或数卷至一卷，而杂家则数人一卷以附之。自城陷后⑯，藏书之家，多被焚掠，心所知者，尚有数人，无可访问。存庄又被贼祸，客死怀远⑰。自伤孤陋，无同力者，深恐此书中废，使数百年文献无征，则亦古之网罗放失保残守缺者之罪人也。避地鲁谼⑱，友人方宗屏为访得数人文补入之；今年授经东乡⑲，萧生敬孚又为访得数家集，皆为补选，于是遗逸者盖鲜矣。

夫学问之道，非可囿于一乡也。然而流风余韵，足以兴起后人，则惟乡先生之言行为最易入⑳。而况当兵火之后，文字残缺，学术荒陋，使听其日就澌灭㉑，而不集其成，删其谬，俾后之人有所观感而则效焉，其罪顾不重与？昔者，孔子编《诗》而附《鲁颂》㉒，删《书》而附《费誓》㉓，因《鲁史》以作《春秋》㉔，其惓惓于宗国文献如此㉕，是亦学者所当法也。今纂集粗成，将有山左之行㉖，因以稿本归敬孚而属其益加搜访校订以成之，爰书其义例于左云。

咸丰八年秋八月㉗，柏堂逸民方宗诚撰㉘。

（选自《柏堂集·次编》卷一）

〔注释〕

①《桐城文录》:戴钧衡与方宗诚合编的一部桐城作家文选,选明末清初钱澄之至清代后期戴钧衡凡八十三家文,全书共七十六卷。

② 曹孟征:即曹松,字孟征,安徽桐城人。唐光化年间进士,授校书郎,能诗。著有《曹孟征诗集》三卷,《全唐诗》录其诗一百四十首。方宗诚以曹松为桐城文学的始祖。

③ 李伯时:即李公麟,字伯时,安徽桐城人。北宋诗人、画家、书法家。北宋熙宁年间进士,官至朝奉郎。元符三年(1100),因病告归,居龙眠山,自号龙眠居士。方宗诚以李公麟为桐城文学的远祖。

④ 风气初开:指桐城一地文学风气初开,尚未大盛。

⑤ 经济:经邦济世,治理国家。

⑥ 太华:即华山,因其西有少华山,故又称太华。

⑦ 无虑:大约。

⑧ 掌故:历史上的人物事迹、制度沿革等。此处指前人的事迹、传说。

⑨ 熹微:形容阳光不强。

⑩ 斗极:北斗星与北极星,或谓即北斗星。《淮南子·齐俗》:"夫乘舟而惑者,不知东西,见斗极则寤矣。"此处引申为准则、典范。

⑪ 李翱:字习之,唐代散文家,曾师从韩愈学古文。皇甫湜(shí):字持正,唐代散文家,也曾向韩愈学古文。孙樵:字可之,唐末散文家。晁无咎:即晁补之,字无咎,北宋散文家,极受苏轼赏识,为"苏门四学士"之一。唐顺之:字应德,

人称荆川先生,明代散文家。茅坤:字顺甫,号鹿门,明代散文家。与归有光、唐顺之同为"唐宋派"作家。

⑫ 指归:宗旨所在。

⑬ 龙眠:龙眠山在桐城境内。《龙眠古文》二十四卷,由何永绍、李雅等编定,为桐城文人的选集,载文三百三十五篇,作者九十三人,大多为明代人。

⑭ 咸丰壬子:即咸丰二年(1852)。

⑮ 鄙倍:浅陋悖理。倍:违背。

⑯ 城陷:指太平天国起义军于1853年2月攻占桐城。

⑰ 怀远:今安徽省怀远县。

⑱ 鲁䜣(hóng):在桐城境内。方宗诚有先人享堂在鲁䜣山中。

⑲ 东乡:在桐城东部。

⑳ 乡先生:同乡先辈。易入:容易接受。

㉑ 澌(sī)灭:消灭殆尽。

㉒ 孔子编《诗》而附《鲁颂》:相传《诗经》为孔子所编。《鲁颂》是《诗经》里《颂》的一部分,共四篇,为公元前7世纪鲁国的作品,内容是歌颂鲁僖公的。这句话意为:孔子是鲁国人,编《诗经》而特地将歌颂鲁国国君的诗附入,足见他对自己国家文化的爱护。以下两句意同。

㉓ 《费誓》:《尚书》中关于鲁国的一篇历史文献。周初,伯禽(周公旦长子)被封于鲁地,他为了进攻淮夷、徐戎,曾亲率军队到费地誓师,《费誓》即其誓词。

㉔ 《鲁史》:鲁国史籍。相传孔子以鲁国史官所编史籍为基础修《春秋》,《春秋》编年亦采用鲁国纪年。

㉕ 惓惓:同"拳拳",诚恳、深切之意。
㉖ 山左:山东省在太行山以东,旧时别称"山左"。
㉗ 咸丰八年:即1858年。
㉘ 柏堂逸民方宗诚:咸丰三年(1853),太平军攻占桐城,方宗诚避乱隐居于一小院,院内有棵半枯柏树,方宗诚每日坐于树下,读书痛饮,故名小院为"柏堂"。

〔品读〕

桐城派因其开创者方苞、刘大櫆、姚鼐皆为桐城人而得名,至于桐城文学的源流与面貌如何,方宗诚在为其与戴钧衡编选的《桐城文录》所作的序言中,给予了较为清晰的解答。本文首先追溯了桐城文学之源,将其上溯至唐之曹松、宋之李公麟,中间经过明代三百年的积淀与发展,至清代方苞、刘大櫆、姚鼐"三祖"相继挺出,蔚为大观。其次,由言天文、地文而论人文之理,清理出唐宋八家到归震川文再至桐城"三祖"的古文发展脉络,引发"精别慎择,以定其指归"的选文标准,其明正宗、辨得失的意图显而易见。再次,又回到《桐城文录》编选缘由与宗旨,申述"义理、经济、事实、考证"且归于"雅驯"的文论主张,回顾编选之辛勤与艰苦。最后,为免乡曲之讥,提出学问"非可囿于一乡"与"乡先生之言行为最易入"的辩证关系,同时援引孔子"惓惓于宗国文献"的种种实践,为所编《桐城文录》张本。本文启示我们,桐城文学源远流长,传承有序,"三祖"之后的桐城文学,蔚为主脉,衍为大波,而对"经济"的重视,素有传统,而以近世为甚。

方宗诚

蔬圃永感图记

余父始居毛溪①,屋二楹②。后于宅东结茅屋数间,宅西又购屋二楹,稍葺之,为宗诚读书之舍。内一小圃,竹数竿,杂植果树,篱落间可望见龙眠诸山。

宗诚每清晨坐书舍,则见余母持锸入③,坐地下,莳花蓺蔬④,视燥湿滋培之,花蔬皆有行列。闻人家异本,必求得之,圃中无寸隙地。然余母生平固不喜簪花,花时与子妇邻媪赏玩而已。余母主中馈⑤,终岁未尝一出游,少暇则入小圃。食时,家人皆食,余妻往请母食,值母方莳蔬,不答也,宗诚数往牵衣,始反⑥。

余母卒数月,书舍毁于火。时余妻先卒,后二年弟妻亦卒,室空无人,圃废不治。余侨居他所,岁时至故居,入圃中,败垣荒草,一桑尚存,余母手植也。倚桑而立,忆昔与余妻牵母衣情事如昨。邻妪见余曰:"余往与而母日在此隔墙语⑦,而母或闻余未食,即归持米来贷余⑧。"言已而叹,又曰:"不见而母于兹七年矣。"悲悼久之。

马君晴斋为余作《蔬圃永感图》,爰附记其略于后⑨。

道光己酉夏六月⑩,宗诚谨述。

(选自《柏堂集·前编》卷十一)

〔注释〕

① 毛溪:又名毛河,在桐城市西北郊。方宗诚居于此,自号毛溪居士。

② 楹(yíng):本义为厅堂前部的柱子。作量词时为古代计算房屋的单位。

③ 锸(chā):挖土的工具。

④ 莳(shì)花蓻(yì)蔬:栽花种菜。

⑤ 主中馈:指妇女在家主持饮食之事。

⑥ 反:同"返",返回。

⑦ 而:代词,你。

⑧ 贷:给予。

⑨ 爰:于是。

⑩ 道光己酉:即道光二十九年(1849)。

〔品读〕

本文是方宗诚怀人记事散文的代表作,颇有归有光《项脊轩志》之神韵。开篇以简省的文字交代蔬圃之方位来历,奠定了怀旧的基调。然后记述目之所见母亲劳作于小圃的诸般情景,最后以亲卒园废、自己侨居他所的悲凉,发出抚今思昔的感怀。这种感怀,既以母亲手植老桑为寄托,又以邻妪感旧之语,凸显母亲的善良与温婉。时移事易,物非人亦非,昨日温馨,今不可得,悲悼之情,久久萦怀,自然流露的深情愈加动人心魄。方宗城老于文字,叙事写景擅长运用白描手法,多用简洁的文字、精短的语句,表现环境之幽静、人事之美好、心境之苍凉。刻画人物时注重细节与动作,善于借用小说笔法,精心选取片段写其风貌与个性,如"余妻往请母食,值母方莳蔬,不答也,宗诚数往牵衣,始反"一节,刻画细腻,生动传神,而借邻妪复述方母当年场景的片段,感情尤为诚挚。吃苦耐劳、善良真诚,是中国古代女性的优秀品质,她们的美好形象通过文人们的感怀忆旧之作表现出来,往往成为名篇。方宗诚的此篇文章即是其中的代表作。

徐宗亮

徐宗亮(1828—1904),字晦甫,晚号菽岑。清代桐城人,学者、古文家。历参胡林翼、李续宜、李鸿章诸人幕府,以文章交游公卿间。其文章雄健有法度,得桐城派宗传。著有《黑龙江述略》《善思斋诗文钞》《归庐谈往录》等。

游西寺记

张子次舟尝言留坝西寺之胜,在郭西北十里①。越溪山行,两崖若屏蠹峻②。绝而上③,将入寺,诸峰下视,朗若列眉④。面山田数亩,引涧水绕屋角而出,四时鸣潺潺不绝。寺西竹万竿,翳云障日⑤,每风起戛击⑥,与涧声相和,萧然意远,宜为隐者之所居也。地近郭,幽险绝甚,人不可卒至⑦,爱而游者,岁或不一见。次舟雅爱游⑧,尝三至焉,予闻而愧之。

三月戊寅,始邀次舟偕两季、鱼渊、湘谷往,就竹阴布席而坐⑨,觞咏其中。风日凄清,近晚益厉⑩,悚焉而还⑪。次舟道语予曰:"寺旧有道人,善莳花⑫,牡丹甚巨丽⑬,今所见阶前丛木紫茎者是也。惜予与君不及见之。"

时次舟赴陇⑭,予将去楚,计花时鱼渊、湘谷在耳。夫人事变迁无常,惟当前者可贵。而山川胜境,每历久而愈显。后之来者,其有好事如予辈乎?予将书以贻之⑮。

(选自《善思斋文钞》卷八)

〔注释〕

① 郭:外城,古代在城的外围加筑的一道城墙。

② 若屏矗峻:如同屏风一样高耸直立。

③ 绝:越过,穿过。

④ 朗若列眉:形容明白显见。朗:显豁,明白。

⑤ 翳(yì):遮蔽。

⑥ 戛(jiá)击:犹言敲击。

⑦ 卒(cù):同"猝"。突然。

⑧ 雅:很,甚,颇。

⑨ 布:铺开。

⑩ 益厉:更加猛烈。

⑪ 悚(sǒng):害怕。

⑫ 莳:种植。

⑬ 巨丽:大而美。

⑭ 陇:甘肃省的别称。

⑮ 贻:赠送。

〔品读〕

　　本文描摹西寺风光之胜,历历如绘,有柳宗元游记文之神韵,又得桐城派游记文之气息。作者先假友人张次舟之言,极道西寺之幽险,让人不禁神往之至。然后以自己的亲身经历,再现西寺"风日凄清,近晚益厉"的萧瑟。最后宕开一笔,以与好友相聚短暂、分手在即的惆怅,揭示"人事变迁无常,惟当前者可贵。而山川胜境,每历久而愈显"的人生况味。萧然意远,世事变幻,是晚清时期一般文士普遍的心理感受。作者身处其间,常为生活所累,身心俱疲,不免触景生情,而情之真之切,又足以打动人心。此即本文情景交融之妙。

张裕钊

张裕钊(1823—1894),字廉卿,号濂亭。清代湖北武昌人。道光二十六年(1846)举人,官至内阁中书,历主江宁、湖北、直隶、陕西各书院。师事曾国藩,与黎庶昌、薛福成、吴汝纶并称"曾门四弟子"。虽推重桐城派文,但不以桐城家法为限,主张为文之道,须"雅健"而不失"自然之趣","意""辞""气""法"相统一,而以"意"为主,讲求"因声求气"。为文长于议论、写景,文笔雅洁而有劲健之气。著有《濂亭文集》《濂序遗诗》等。《清史稿》有传。

北山独游记

余读书马迹乡之山寺①,望其北,一峰崒然而高②,尝心欲至焉,无与偕③,弗果④。遂一日奋然独往,攀藤葛而上,意锐甚⑤。及山之半,足力倦止。复进,益上,则涧水纵横,草间微径如烟缕,诘屈交错出⑥,惑不可辨识。又益前,闻虚响振动,顾视来者无一人,益荒凉惨栗,余心动欲止者屡矣。然终不释,鼓勇益前⑦,遂陟其巅。至则空旷寥廓⑧,目穷无际,自近及远,洼者隆者,布者抟者⑨,迤者峙者⑩,环者倚者,怪者妍者,去相背者⑪,来相御者⑫,吾身之所未历。一左右望而万有皆贡其状,毕效于吾前⑬。

　　吾于是慨乎其有念也。天下辽远殊绝之境,非先蔽志而独决于一往⑭,不以倦而惑且惧而止者,有能诣其极者乎⑮?是游也,余既得其意而快然以自愉,于是叹余向之倦而惑且惧者之几失之,而幸余之不以是而止也。乃涚笔而记之⑯。

(选自《濂亭文集》卷八)

〔注释〕

　　① 马迹乡:在江苏太湖的马迹山。

　　② 崒(zú):险峻。

　　③ 无与偕:无人同往。

　　④ 弗果:没有成为事实。

　　⑤ 锐:凌厉,旺盛。

　　⑥ 诘(jí)屈:曲折。

　　⑦ 鼓:激发,鼓动。

　　⑧ 寥廓:空旷开阔。

　　⑨ 布:散布。抟(tuán):聚集。

　　⑩ 迆(yǐ):斜立。峙(zhì):直立。

　　⑪ 背:离去。

　　⑫ 御:迎。

　　⑬ 效:献出。

　　⑭ 蔽志:定志。蔽:断,定。《尚书·大禹谟》:"惟先蔽志,昆命于元龟。"注:"言志定然后卜。"

⑮ 诣:到达。
⑯ 沘(cǐ):以笔蘸墨。

〔品读〕

　　王安石《游褒禅山记》中,有"险以远,则至者少,而世之奇伟、瑰怪、非常之观,常在于险远,而人之所罕至焉,故非有志者不能至也"数句,意谓只有不畏险远,矢志以求者,才能看到别人难得一见的奇妙风景。张裕钊《北山独游记》的构思显然脱胎于此,而其写独游北山的所见所感,自有独到之得。此文采用移步换景的写作方法,随着行程的深入,风景随之变化。初则陡峭异常,难以攀登;次则微径如烟,路隘错出;再则荒凉惨栗,动人心魄;最后"陟其巅",则目穷无际,万象毕收,无美不备。其间运用汉赋笔法写景记事,奇偶相间,铺排而下,穷形尽相,至为传神。文末感慨世上殊绝之境,只有不畏险阻,"独决于一往",才能到达顶峰。这就不仅是游历探奇之趣,还展现了张裕钊特立不群的君子之风和独诣峥嵘的文章境界。

答吴挚甫书①

　　春间奉到往岁除夕惠书,承示已改官畿甸②,将以儒者之学,泽我民萌③。敬贺!敬贺!六月初旬,李佛笙太守复递到三月晦一函,适裕钊有悼亡之戚④,先期归里。一昔始来鄂城,匆匆未及报。所需姚氏《评点〈汉书〉》⑤,一时未遑钞寄,请以异日可耳。

来书过以文事见推⑥，且虚怀咨度⑦，谆谆无已。裕钊则何足以知此？虽然，既承下问，不敢不竭其愚⑧。古之论文者曰，文以意为主⑨，而辞欲能副其意⑩，气欲能举其辞⑪。譬之车然，意为之御⑫，辞为之载⑬，而气则所以行也。欲学古人之文，其始在因声以求气⑭，得其气，则意与辞往往因之而并显，而法不外是矣⑮。是故契其一，而其余可以绪引也⑯。盖曰意、曰辞、曰气、曰法之数者，非判然自为一事，常乘乎其机⑰，而混同以凝于一，惟其妙之一出于自然而已。自然者，无意于是而莫不备至，动皆中乎其节⑱，而莫或知其然，日星之布列，山川之流峙是也。宁惟日星山川，凡天地之间之物之生而成文者，皆未尝有见其营度而位置之者也⑲，而莫不蔚然以炳，而秩然以从。夫文之至者，亦若是焉而已。观者因其既成而求之，而后有某者某者之可言耳。夫作者之亡也久矣，而吾欲求至乎其域，则务通乎其微⑳。以其无意为之而莫不至也，故必讽诵之深且久，使吾之与古人欣合于无间㉑，然后能深契自然之妙，而究极其能事。若夫专以沉思力索为事者，固时亦可以得其意，然与夫心凝形释㉒，冥合于言议之表者㉓，则或有间矣。故姚氏暨诸家因声求气之说，为不可易也。

张裕钊

吾所求于古人者,由气而通其意,以及其辞与法,而喻乎其深。及吾所自为文,则一以意为主,而辞、气与法胥从之矣。阁下以为然乎?阁下谓"苦中气弱,讽诵久则气不足载其辞",裕钊迩岁亦正病此。往在江宁,闻方存之云㉔:"长老所传,刘海峰绝丰伟,日取古人之文,纵声读之。姚惜抱则患气羸,然亦不废哦诵,但抑其声,使之下耳。"是或亦一道乎?裕钊比所遇多乖舛㉕,又迫忧患,于此事恐终无所就。阁下才高而志远,年盛而气锐,它日必能绍邑中诸老盛业㉖,用敢进其粗有解于文事者,以为涓埃之裨㉗。惟亮察。不宣。

(选自《濂亭文集》卷四)

〔注释〕

① 吴挚甫:即吴汝纶,字挚甫。桐城派后期代表作家之一。著有《桐城吴先生全书》。

② 改官畿甸:吴汝纶于同治八年(1869)补深州知州,州辖深县、安平、饶阳、武强等县,为直隶州。畿甸:旧称王都周围的广大地区。深州在北京南数百里,故称畿甸。

③ 泽:恩泽,恩惠。民萌:民众,百姓。萌:同"氓"。

④ 悼亡之戚:同治九年(1870)六月,张裕钊之妻黄氏病故。戚:悲痛。

⑤ 姚氏《评点〈汉书〉》：姚鼐《惜抱轩集》中有关于《汉书》《后汉书》的笔记数十则，姚氏《评点〈汉书〉》或指此。

⑥ 推：推崇，称赞。

⑦ 咨度：谦虚询问。《诗经·小雅·皇皇者华》："周爰咨度。"

⑧ 愚：谦辞，愚见。

⑨ 文以意为主：是我国古代文论的一个重要观点，也是桐城派作家论文的传统。方苞首倡"义法"说，主张"义以为经而法纬之"（《又书货殖传后》），是以"义"为主的，而"义"即是"意"。姚鼐谓"诗文美者命意必善"（《答翁学士书》），也有"以意为主"的意思。

⑩ 副：符合，相称。

⑪ 气欲能举其辞：韩愈早就谈过辞、气结合，以气举辞的问题。他喻"气"为水，喻言为"浮物"，认为"水大而物之浮者大小毕浮"，"气盛则言之短长与声之高下者皆宜"（《答李翊书》）。桐城派作家关于气与辞关系的见解，也大抵与韩说同。

⑫ 御：驾驭。

⑬ 载：装载之物。

⑭ 因声以求气：明确主张"因声求气"的是刘大櫆。他认为音节为"神气之迹"，"神气不可见，于音节见之"，故"求神气而得之于音节"（《论文偶记》）。"因声求气"的具体方法是反复朗诵。姚鼐认为神、理、气、味为"文之精"，格、律、声、色为"文之粗"，认为精者寓于粗者，学文者由粗而得精，也有"因声以求气"的意思。

⑮ 法不外是:因声以求气,得其"气",就理解了"意",也理解了"辞"之所以如此措置,篇章之所以如此构结,为文之"法"由此可以得知。

⑯ 绪引:得其头绪而其余一一可致。

⑰ 乘:因,顺应。机:自然之理。

⑱ 中(zhòng):符合。节:准则,法度。

⑲ 营度:谋划,规划。位置:此处用为动词,安排。

⑳ 通乎其微:彻底弄清其幽深之理,即求其气,进而得其意、辞与法。

㉑ 欣合:融洽。

㉒ 心凝形释:心思专注而忘记了形体的存在,形容"通乎其微"时的状态。

㉓ 言议之表:语言议论之外,即指文章之气。

㉔ 方存之:即方宗诚,字存之。

㉕ 乖舛(chuǎn):不顺利。

㉖ 邑:指桐城。吴汝纶为桐城人,作者在这里表示希望他能继承桐城派前辈作家的事业。

㉗ 涓埃之裨(bì):微小的补益。涓:细流。埃:尘埃。涓埃:形容事物微小。

〔品读〕

"因声求气"说是桐城派文论的重要内容,张裕钊于此深究力求,着意发挥,《答吴挚甫书》所论文章意、辞、气、法的关系,即是对"因声求气"理论的发展与充实。本文主要有三层意思,一是文章的四大要素——意、辞、气、法,各有各的功能,但在为文与学文的过程中,主次地位各有所别。为文之时,以意为主,辞副其意,气举其辞;学文之时,须从声音入手,得其气,则得其意、辞与法。二是四者相辅相成,分离则不成其文,合一则臻于"自然"之境,方为"文之至者"。三是欲求古人欣合之妙,必讽诵之深且久,方能"深契自然之妙,而究极其能事"。讽诵要与深思相结合,单是深思,可以得其意;若要达到"通乎其微"的地步,只能讽诵熟读,用心揣摩并体会古人古文之妙。本文论学习、创作古文的这些道理,都未超出桐城派传统文论的范围,作者引用方宗诚的说法,证明"气"在诵读主人(人)与诵读对象(辞)中的关键作用,显得生动恰切,易于理解。

黎庶昌

黎庶昌(1837—1898)，字莼斋，别署黔男子。清代贵州遵义人。早年师事郑珍，熟读经史，致力研习经世之学。同治元年(1862)乡试落第，上书言事，以廪生特赏知县，发往安庆曾国藩大营委用。师事曾国藩习古文义法，成为"曾门四弟子"之一。曾官吴江、青浦知县。光绪二年(1876)起，出使欧洲，历任驻英国、德国、法国、西班牙使馆参赞，两度出任驻日本公使。晚年任川东兵备道。推崇曾国藩对桐城派"变化以臻于大"之功，编定《续古文辞类纂》。其为文不拘守桐城家法，颇得坚强之气。著有《拙尊园丛稿》六卷、《西洋杂志》八卷等。《清史稿》有传。

卜来敦记

卜来敦者，英国之海滨，欧洲胜境也。距伦敦南一百六十余里，轮车可两点钟而至，为国人游息之所，后带冈岭，前则石岸崭然①。好事者凿岸为巨厦，养鱼其间，注以源泉②，涵以玻璃③，四洲之物④，奇奇怪怪，无不毕致。又架木为长桥，斗入海中数百丈⑤，使游者得以攀援凭眺。桥尽处有作乐亭，余则浅草平沙，绿窗华屋，与水光掩映⑥，迤逦一碧而已⑦。人民十万,栉比而居⑧,衢市纵横⑨,日辟益广。其地固无波涛汹涌之观,估客帆樯之集⑩,无机匠厂师之兴作⑪,杂然而尘鄙也⑫,盖独以静洁胜。每岁会堂散后⑬,游人率休憩于此。

方其风日晴和,天水相际,邦人士女,联袂嬉游⑭,衣裙杂袭⑮,都丽如云⑯。时或一二小艇,掉漾于空碧之中⑰。而豪华巨家,则又鲜车怒马⑱,并辔争驰,以相遨放⑲。迨夫暮色苍然⑳,灯火灿列,音乐作于水上,与风潮相吞吐,夷犹要眇㉑,飘飘乎有遗世之意矣!予至伦敦之次月,富绅阿什伯里导往游焉,即叹为绝特殊胜,自是屡游不厌。再逾年而之他邦,多涉名迹,而卜来敦未尝一日去诸怀。其移人若此㉒。

英之为国,号为盛强杰大。议者徒知其船坚炮巨,逐利若驰㉓,故尝得志海内,而不知其国中之优游暇豫㉔,乃有如是之一境也。昔荀卿氏论立国惟坚凝之难㉕。而晋栾针之对楚子重,则曰:"好以众整。"又曰:"好以暇。"㉖夫维坚凝,斯能整暇,若卜来敦者,可以觇人国已㉗。

大清前驻英参赞黎庶昌记,光绪六年七月㉘。

(选自《拙尊园丛稿》卷五)

〔注释〕

① 崭然:突出的样子。

② 源泉:泉水的源头,也泛指水源。

③ 涵以玻璃:用玻璃制作箱形器具。

④ 四洲:旧指欧洲、亚洲、非洲、美洲。

⑤ 斗:突然。

⑥ 掩映:遮掩衬托,交相辉映。

⑦ 迤逦:连绵曲折。

⑧ 栉(zhì)比:像梳齿一样密密地排列着。栉:梳、篦的总称。

⑨ 衢市:大路,此处指大街。

⑩ 估客:商人。帆樯:此处代指船只。樯:桅杆。

⑪ 兴作:制造。

⑫ 杂然:乱糟糟的样子。尘鄙:污染肮脏,此处代指郊野之处。

⑬ 会堂:指英国议院每年一次的议会,散会于六月底。

⑭ 联袂(mèi):衣袖连接,比喻携手同行。

⑮ 杂袭:杂沓,众多杂乱貌。

⑯ 都丽:美丽,漂亮。

⑰ 掉漾:划动,荡漾。

⑱ 鲜车怒马:漂亮的车和强健的骏马。

⑲ 遨放:遨游放纵。

⑳ 迨:等到。

㉑ 夷犹:从容的样子。要(yāo)眇:也作"要妙",美好的样子。

㉒ 移(yí)人:使人的精神、情态等改变。此处指使人羡慕向往。

㉓ 逐利:此处指英国人经商。

㉔ 优游:闲暇自得。暇豫:悠闲逸乐。

㉕ 荀卿:即荀况,战国时思想家。坚凝:坚实牢固。《荀子·议兵》:"兼并易能也,唯坚凝之难焉。"

㉖ "而晋栾针"三句:栾针:春秋时晋国大夫。子重:春秋时楚国司马。《左传·成公十六年》记载:子重问栾针,晋何以勇?栾针回答说:"好以众整。"又说:"好以暇。"好(hào):喜爱。整:严整。暇:从容不迫。

㉗ 觇(chān):窥视,观察。

㉘ 光绪六年:即1880年。

〔品读〕

本文作于光绪六年(1880),距黎庶昌出使英国、法国已四年之久。其间,他还奉命转任驻德国和驻西班牙使馆参赞,"逾年而之他邦,多涉名迹"。刚出使时的新鲜劲已过,经过对欧洲诸国的全面考察后落笔为文,自然不仅是景物层面的描摹,还有更为深入的思考,这是本文的意义和价值之所在。

文章开篇先介绍卜来敦的地理位置及交通状况,作为一篇之纲。接着详细描写卜来敦的两大人造奇观,一为岸上巨厦,一为海上长桥,前者凿池饲养海洋生物供人观赏,后者突入海中数百丈可供人凭栏远眺。此外作乐亭、绿窗华屋、一碧水光等,皆为之陪衬。至于卜来敦的街市,繁华至极而又极其宁静洁净,又是一番奇观。正因为其如此美好,所以成为人们的优游胜地。作者从水上之游与陆上之游两方面极写游人之盛,又从声、光、色诸方面突出暮色之美。正因为卜来敦是如此让人痴迷,以至于作者多次游玩仍不满足,"未尝一日去诸怀"。行文至此,作者的情感油然而生,文章由写景导入观感,转入正题。作者感到英国的强盛,关键在于它的安定,国家巩固,国民团结。这与《左传》所载栾针的论述相吻合,由此让人产生联想,中国欲强盛,必然要向西方学习,巩固国家根本,促进国家安定团结,而不仅仅是依靠坚船利炮这种浅层次的效仿。一个有关救亡图存的深刻道理,通过游记的方式表现出来,初读不觉其旨,终篇恍然大悟。这种苦心经营和表达功力,在黎庶昌的笔下显露无遗,而其在描述西方繁荣景象时所揭示的民族危机意识,更是对晚清当政者的有力提醒。

薛福成

薛福成(1838—1894),字叔耘,号庸庵。清代江苏无锡人。同治年间,曾充曾国藩、李鸿章幕,于镇压太平军、捻军及办理洋务方面,多有谋划。光绪十年(1884),任浙江宁绍台道,领军击退法国入侵的兵舰。光绪十四年(1888),擢升湖南按察史,后任出使英国、法国、比利时、意大利四国大臣,考察西方政治科技,办理交涉事件,甚为妥恰。归国后升为左副都御史。力倡变法图强,学习西方资本主义国家先进的科学技术,提倡以工商富国。

薛福成见闻较广,为文有桐城派余风,但不拘守桐城"义法"。其政论文多切中时弊,雄于议论。亦善记叙,多着眼于经世致用,行文往往洋洋洒洒,尽情发挥,故集中多长文,与桐城文论之"雅洁"未能尽合,故黎庶昌谓其"不规规于桐城论文"(《庸庵文编序》)。著有《庸庵全集》。《清史稿》有传。

观巴黎油画记

光绪十六年春闰二月甲子①,余游巴黎蜡人馆②。见所制蜡人,悉仿生人形体、态度、发肤、颜色、长短、丰瘠,无不毕肖。自王公卿相以至工艺杂流,凡有名者,往往留像于馆,或立或卧,或坐或俯,或笑或哭,或饮或博③,骤视之,无不惊为生人者。余亟叹其技之奇妙④。

译者称:"西人绝技,尤莫逾油画,盍驰往油画院⑤,一观普法交战图乎?"其法为一大圜室,以巨幅悬之四壁,由屋顶放光明入室。人在室中,极目四望,则见城堡、冈峦、溪涧、树林,森然布列。两军人马杂遝⑥,驰者、伏者、奔者、追者、开枪者、燃炮者、搴大旗者⑦、挽炮车者,络绎相属。每一巨弹堕地,则火光迸裂,烟焰迷漫,其被轰击者,则断壁危楼,或黔其庐⑧,或赭其垣⑨。而军士之折臂断足,血流殷地⑩,偃仰僵仆者,令人目不忍睹。仰视天,则明月斜挂,云霞掩映;俯视地,则绿草如茵,川原无际。几自疑身外即战场,而忘其在一室中者。迨以手扪之⑪,始知其为壁也,画也,皆幻也⑫。

余闻法人好胜,何以自绘败状,令人丧气若此?译者曰:"所以昭炯戒⑬,激众愤,图报复也。"则其意深长矣。夫普法之战⑭,迄今虽为陈迹,而其事信而有征⑮。然则此画果真邪?幻邪?幻者而同于真邪?真者而托于幻邪?斯二者,盖皆有之。

(选自《庸庵文外编》卷四)

〔注释〕

① 光绪十六年:即1890年。

② 蜡人:以蜡塑成的人像。英、法等国均有蜡人馆,以纪念国内各方面的名人。

③ 博:古代的一种棋戏,后泛指赌博。此处指下棋。

④ 亟:屡次。

⑤ 盍(hé):何不。

⑥ 杂逻(tà):亦作"杂沓",杂乱。

⑦ 搴(qiān):举起。

⑧ 黔其庐:炮弹爆炸的烟焰将房屋熏黑。黔:黑色。

⑨ 赭其垣:墙被爆炸引起的烈焰烧红。赭:红褐色。

⑩ 殷(yān)地:染红了土地。殷:赤黑色。

⑪ 迨:等到。

⑫ 幻:虚无的,不真实的。

⑬ 昭:显扬。炯戒:明显的警戒。

⑭ 普法之战:1870年至1871年法国与普鲁士的战争。法国惨败,1871年1月28日,同普鲁士签订屈辱的停战协议,割地赔款。

⑮ 征:证验。

〔品读〕

本文名为《观巴黎油画记》,却先从游巴黎蜡人馆写起,以此作为引子,引出"西人绝技,尤莫逾油画",落笔于参观巴黎油画院,集中笔墨详细描写《普法交战图》的内容与艺术表现。作者结合油画富于立体感的特点,通过精细的观察,采取以点带面的记述手法,叙述与描摹相结合,有意选择富于动态感的词语来进行表现,以唤起读者视觉上的意象和感受。画记以普法两年交战为主,以战场景色为次;以法军败退情形为主,以两军人马杂沓为次,突出了油画中动静相宜、静中显动的艺术效果,使观者产生"几自疑身外即战场,而忘其在一室中者"的心理感受。通过对法军惨败的悲壮场景的渲染,为下文揭明法国人之所以自绘败状,目的全在于"昭炯戒,激众愤,图报复",奠定了坚实的基础。作者的创作主旨,在于殷切期望中国能从积贫积弱中振兴起来,以雪列强欺凌之恨。

吴汝纶

吴汝纶(1840—1903),字挚甫。清代桐城人,桐城派后期代表作家之一。同治四年(1865)中进士,授内阁中书。长期充任曾国藩、李鸿章幕僚,历官深州、冀州知州,主讲保定莲池书院。与张裕钊、黎庶昌、薛福成并称为"曾门四弟子"。光绪二十四年(1898),京师大学堂创立,吴汝纶被聘为总教习,未就任,即赴日本考察教育。归国后,先回家乡创办桐城学堂,积劳成疾,于光绪二十九年(1903)正月逝世。

吴汝纶论文宗法桐城,主张"有所变而后大",且长于议论,说理周详,行文平质老练,不以文采气势取胜。著有《桐城吴先生全书》。《清史稿》有传。

送张廉卿序①

孙况、扬雄②,世传所称大贤,其著书,皆以成名乎后世。而孙卿书称说春申③,《法言》叹安汉公之懿④,皆干世论之不韪⑤,载而以告万世者。世以此颇怪之。吾则以谓凡著书者,君子不自得于时者之所为作也⑥。凡所以不自得者,君子之道不枉实以谀人⑦,而当世贵人在势者必好人谀己。十人谀之,一人不谀,则贵人恶其傲己⑧。十人者恶其异己,贵人与贵人比肩于上⑨,十人与十人比肩于下,上恶其傲,下恶其异,虽穷天地、横四海而无与容吾身,吾且于书也何有⑩?于此有一在势者,虽甚恶之,而犹敬乎其名而不之害伤,则君子俯嘿而就容焉⑪,而以成吾书。而是人也,虽敬乎其名,固前知其不谀己也,闻有书,则就求而亟观焉⑫。察其褒讥所寓,得其疑且似者,且曰:"此谤我也,此怨非我也。"则从而龁齕之矣⑬。盖必其章章然称道叹羡我也⑭,夫乃始憖置而相忘焉⑮。彼君子也,其志洁,其行危,其不枉实而谀人众,著于天下后世。及其为书,则往往诡辞谬称,谲变以自乱⑯,以为吾意之是非,后有君子读吾书而可以自得之矣,安取彼訾訾察察者为⑰?嗟夫!此殆君子所遭之不幸,其用意至可悲。而《诗》三百篇所为主文而谲谏⑱,孔子之《春秋》所为定、哀之际微辞者也⑲。楚两龚、孔北海、祢正平之徒⑳,背而易之,乃卒会祸殃,至死不悟,岂不哀哉!二子之书,意其在此。

吾既推而得之,会吾友张廉卿北来,乃为书告之。复书曰:"子言殆是也。"盖自廉卿之北游,五年于兹,吾与之岁相往来,日月相问讯,有疑则以问焉,有得则以告焉,见则面相质,别则以书,每如此。

今兹湖北大吏走书币㉑,因李相国聘廉卿而南㉒,都讲于江汉㉓。廉卿,今世之孙、扬也。见今贵人在势,皆折节下贤,不好人谀己,其所遭,孙、扬远不如。其北来也,自李相国已下,皆尊师之。老而思欲南归,而湖北君所居乡,其大吏又慕声礼下之如此。吾知廉卿可以直道正辞㉔,立信文以垂示后世㉕,无所不自得者。独吾离石友㉖,无以考道问业㉗,疑无问,得无告,于其归,不能无怏怏也。因取所意于古而尝质于君者,书赠之,以为别。

(选自《吴汝纶全集·文集二》)

〔注释〕

① 张廉卿:即张裕钊,字廉卿,湖北武昌人。清代古文家、书法家。

② 孙况:即战国时思想家、文学家荀况,汉人避宣帝(刘询)讳,改"荀"为"孙",后人时亦沿用。扬雄:西汉末思想家、文学家,著有《太玄》《法言》等书。

③ 而孙卿书称说春申:春申:即春申君,本名黄歇,战国时楚人,楚考烈王时为令尹。《荀子·成相》以春申君为"大儒"之列,与孔子、柳下惠并提,说:"世之愚,恶大儒,逆斥不通孔子拘,展禽三绌,春申道缀,基毕输。"荀子曾因春申君之力为兰陵令,在其著作中这样称说春申君,尽管其时春申君已死,但是仍有阿谀之嫌。

④《法言》叹安汉公之懿:安汉公:即王莽。汉平帝元始

元年(1),王莽为太傅,号安汉公。扬雄在王莽秉政时官为大夫,校书天禄阁,他在《法言》里称赞王莽说:"周公以来,未有汉公之懿也。"懿(yì):美德。

⑤ 干世论之不韪(wěi):犯了世论所不容的错误。不韪:不对,错误。

⑥ 不自得:不得志。

⑦ 枉实:歪曲事实。

⑧ 傲:轻慢。

⑨ 比肩:并肩,引申为处于同等地位而相互结成势力。

⑩ 于书也何有:何有于书,还能写什么书呢?

⑪ 俯嘿:低头无语。嘿,同"默",闭口不说话。以上四句实际上也是指荀况、扬雄的处境。作者认为,春申君、王莽虽恶荀况、扬雄,但"犹敬乎其名而不之害伤",因此荀况、扬雄得以容身而有所著作。

⑫ 亟(jí):迫切。

⑬ 齮龁(yǐ hé):毁伤,陷害,倾轧。

⑭ 章章然:亦作"彰彰然",明显地。

⑮ 慭(yìn)置:闲置、搁置。相忘:彼此忘却。

⑯ 谲变以自乱:故意说假话以混淆自己真正的意思。谲(jué)变:诡诈。

⑰ 訚(yín)訚:争辩貌。

⑱ 而《诗》三百篇所为主文而谲谏:《毛诗序》:"上以风化下,下以风刺上,主文而谲谏,言之者无罪,闻之者足以戒,故曰风。"主文:主于文辞,即以描绘形象为主。谲谏:劝谏时隐约其词,不直言指摘。

⑲ 孔子之《春秋》所为定、哀之际微辞者也:《公羊传·定公元年》:"定、哀多微辞。"鲁定公、鲁哀公与孔子同时,故孔子修《春秋》对这两位同时的君主从不直言批评,而是把贬义隐含在言辞之中。

⑳ 楚两龚:龚胜,字君宾;龚舍,字君倩。西汉末楚地人,相友善,坚节操,世称"楚两龚"。王莽专权,龚胜归隐乡里,王莽征之,他以"岂一身事二姓"拒不出,绝食而死。孔北海:即孔融,字文举,曾任北海相,时称孔北海,为人恃才负气,著文讥刺曹操,被曹操所杀。祢正平:即祢衡,字正平,性刚直,以当众辱骂曹操,被曹操送至荆州刘表处,刘表复转送江夏太守黄祖处,卒为黄祖所杀。

㉑ 走书币:送来书信和路费。书币:书写礼单,亦泛指修好通聘间的书札礼单和礼品。

㉒ 李相国:即李鸿章,安徽合肥人,清末淮军领袖,参与镇压太平天国运动和捻军起义。后从事洋务运动,建立北洋海军。曾代表清政府与英、法、俄、日等国签订了一系列丧权辱国的不平等条约,是中国近代史上一位饱受争议的人物。时李鸿章以大学士兼直隶总督,故称相国。

㉓ 都讲:古代学舍中协助博士讲经的儒生。选择高才生充之。这里指张裕钊主讲江汉书院。

㉔ 直道正辞:以正直之道、坦率之辞著书,不必像荀况等人那样"谲变以自乱"了。上面几句是对"见今贵人"李鸿章的称颂。

㉕ 信文:诚实不欺之文。

㉖ 石友:情谊坚如金石的朋友。

㉗ 考道:研求应遵之道。问业:请问学业。

吴汝纶

〔品读〕

本文系一篇赠序,是古代送别以诗文相赠的一种文体。

此序作于光绪十四年(1888)左右,其时吴汝纶主政冀州,张裕钊辞任莲池书院讲席,即将南归,也是吴汝纶辞官拟任莲池书院讲席之时。

此文作者先是叹君子"不枉实以谀人",难容于世,难著书立说,并且以荀况、扬雄为例。荀况、扬雄堪称贤人,以书闻名于后世,后人很奇怪的是二人书中对提携自己的春申君和王莽均有美言,但吴汝纶却有自己的见解:大凡著书,都是不得于时而发奋作为的。君子之不得于时,皆是刚直不阿谀的结果。社会现实情况是怎样的呢?权贵者在世"必好人谀己",正直的读书人和权贵者各自形成阶层,权贵阶层虽讨厌清高的读书人,但慕其名,心中也明了读书人幽微曲折的内心,观其书,察其寓意,指摘疑似语句,以攻击伤害读书人。君子志洁行端不谀人,为免除一些不必要的争辩,为文为书,往往曲意掩饰,隐晦表达,寄希望于后世君子读其书而知其真意。作者通过分析,感叹"君子所遭之不幸,其用意至可悲"!

作者对官场很失望,早萌退意,专事文业。其时李鸿章欲用其婿张佩纶取代张裕钊而就任莲池书院讲席,"莲池诸生闻而大哗",张佩纶不能来任,张裕钊又已辞任,局面甚为纠结难堪,吴汝纶自荐莲池讲席,既解李鸿章当前困局,又遂自己执教的心愿。作者浸染官场多年,又心系文业,对权贵和读书人两个群体极为了解,文中写古人古事,实乃直指今人今事,借古喻今,寓意深刻。

作者还以读荀况、扬雄二子书所得与张裕钊探讨发端,回忆张裕钊北游五年,作者与之相随相得,"岁相往来,日月相问讯,有疑则以问焉,有得则以告焉,见则面相质,别则以书",此乃诤友。特别是在文业上,二人可谓志同道合!作者将张裕钊比作今世的荀况、扬雄,二者遭际不同,以此祝愿张裕钊"直道正辞,立信文以垂示后世",同时表达自己的惜别之情:"吾离石友,无以考道问业,疑无问,得无告。"颇显伤感之情。

天演论序①

严子几道既译英人赫胥黎所著《天演论》以示汝纶②,曰:"为我序之。"天演者,西国格物家言也③。其学以天择、物竞二义综万汇之本原④,考动植之蕃耗。言治者取焉,因物变递嬗⑤,深研乎质力聚散之几⑥,推极乎古今万国盛衰兴坏之由,而大归以任天为治⑦。赫胥氏起而尽变故说,以为天不可独任,要贵以人持天⑧。以人持天,必穷极乎天赋之能,使人治日即乎新,而后其国永存,而种族赖以不坠,是之谓与天争胜。而人之争天而胜天者,又皆天事之所苞⑨。是故天行人治,同归天演。其为书奥赜纵横⑩,博涉乎希腊、竺乾、斯多噶、婆罗门、释迦诸学⑪,审同析异而取其衷⑫,吾国之所创闻也⑬。凡赫胥氏之道具如此，斯以信美矣。抑汝纶之深有取于是书，则又以严子之雄于文，以为赫胥氏之指趣，得严子乃益明。自吾国之译西书，未有能及严子者也。

凡吾圣贤之教，上者道胜而文至，其次道稍卑矣，而文犹足以久。独文之不足，斯其道不能以徒存⑭。六艺尚已⑮。晚周以来，诸子各自名家，其文多可喜，其大要有集录之书，有自著之言。集录者，篇各为义，不相统贯，原于《诗》《书》者也；自著者，建立一干，枝叶扶疏，原于《易》《春秋》者也。汉之士争以撰著相高，其尤者，太史公书继《春秋》而作，人治以著；扬子《太玄》拟《易》为之⑯，天行以阐⑰。是皆所为一干而枝叶扶疏也。及唐中叶，而韩退之氏出，源本《诗》《书》，一变而为集录之体，宋以来宗之。是故汉氏多撰著之编，唐宋多集录之文，其大略也。集录既多，而向之所为撰著之体，不复多见；间一有之，其文采不足以自发，知言者摈焉弗列也。独近世所传西人书，率皆一干而众枝，有合于汉氏之撰著。又惜吾国之译言者，大氐貪陋不文⑱，不足传载其义。夫撰著之与集录，其体虽变，其要于文之能工，一而已。

今议者谓西人之学，多吾所未闻，欲瀹民智⑲，莫善于译书。吾则以谓今西书之流入吾国,适当吾文学靡敝之时,士大夫相矜尚以为学者,时文耳,公牍耳,说部耳[20]。舍此三者,几无所为书。而是三者,固不足与于文学之事。今西书虽多新学,顾吾之士以其时文、公牍、说部之词译而传之,有识者方鄙夷而不之顾,民智之瀹何由!此无他,文不足焉故也。文如几道,可与言译书矣。

往者,释氏之入中国[21],中学未衰也,能者笔受[22],前后相望。顾其文自为一类,不与中国同。今赫胥氏之道,未知于释氏何如,然欲侪其书于太史氏、扬氏之列,吾知其难也;即欲侪之唐宋作者,吾亦知其难也。严子一文之,而其书乃骎骎与晚周诸子相上下[23],然则文顾不重耶?

抑严子之译是书,不惟自传其文而已。盖谓赫胥氏以人持天,以人治之日新卫其种族之说,其义富,其辞危[24],使读焉者怵焉知变,于国论殆有助乎!是旨也,予又惑焉。凡为书,必与其时之学者相入[25],而后其效明。今学者方以时文、公牍、说部为学,而严子乃欲进之以可久之词、与晚周诸子相上下之书,吾惧其舛驰而不相入也[26]。虽然,严子之意,盖将有待也,待而得其人,则吾民之智瀹矣。是又赫胥氏以人治归天演之一义也欤?

光绪戊戌孟夏㉗,桐城吴汝纶叙。

（选自《吴汝纶全集·文集三》）

〔注释〕

① 《天演论》:即严复所译英国人赫胥黎所著《进化论与伦理学》一书的前两章译名。"天演论"即"进化论"的旧称。严氏译此书,意在根据"物竞天择,适者生存"的进化论观点,宣传"与天争胜"、变革图强的思想,在当时及辛亥革命前后,对思想界产生过巨大的影响。该书光绪二十一年(1895)译成,光绪二十四年(1898)正式出版。

② 严子几道:即严复(1854—1921),字又陵,又字几道,福建侯官(今福建省闽侯县)人,曾留学英国海军学校,回国后任北洋水师学堂总教席、总办等职。甲午中日战争后,积极主张变法维新,大量翻译西方科学名著,如《原富》《群学肄言》《法意》《穆勒名学》《天演论》等,传播西方资产阶级经济、政治、科学思想,并提出了"信、达、雅"的著名译书标准。

③ 格物家:"格物"本为古代儒家思想的一种观点,意为深入研究事物的原委。近代科学知识传入中国后,人们即以"格物"或"格致"称光、声、电、化等自然科学。"格物家"即指自然科学家。

④ 天择:即进化论中所说的"自然选择"。物竞:即进化论中所说的"生存竞争"。万汇:天地万物。

⑤ 递嬗(shàn):逐次发展演变。

⑥ 质力:即物质和力。严复在《译天演论自序》中阐发《天演论》的思想,认为"大宇之内,质力相推,非质无以见力,非力无以呈质"。几:细微的迹象,引申为本原。

⑦ 任天为治:消极地听凭自然的发展。

⑧ 以人持天:积极地掌握自然发展规律而使之为人所用,进而与天争胜,以人胜天。

⑨ "而人之争天而胜天者"二句:意为人之争天而胜天,也包括在自然发展规律之内,也属于物竞天择的一个方面。苞:通"包",包括。

⑩ 奥赜(zé):幽深隐微。

⑪ 竺乾:即竺乾公,佛教徒。白居易《新昌新居书事四十韵因寄元郎中张博士》:"大抵宗庄叟,私心事竺乾。"斯多噶:斯多噶学派是流行于公元前3世纪到公元6世纪的古希腊罗马哲学派别之一。早期斯多噶学派有一定的唯物主义倾向,但认为事物受必然性(神)的支配,有浓厚的宿命论色彩。后期斯多噶学派流于人顺从于天命的宿命论思想。婆罗门:此处指婆罗门教,印度古代宗教之一,以崇拜婆罗贺摩(创造之神)而得名。释迦:即释迦牟尼,佛教创始人。

⑫ 衷:正中不偏颇者。

⑬ 创闻:犹罕闻,罕见。

⑭ "独文之不足"二句:意为如果文不足以表现道,则道也不能单独地存在而流传。徒:只,单独地。

⑮ 六艺:古代称《诗》《书》《礼》《乐》《易》和《春秋》六种经书。也泛指各种经书。尚:最好,最高,无以复加。已:语气词,用于句尾,表确定语气。

⑯ 扬子《太玄》拟《易》为之:扬雄著《太玄》,体例模拟《周易》的两仪、四象、八卦、六十四重卦、三百八十四爻等,分为一玄、三方、九州、二十七部、八十一家、七百二十九赞。全书以"玄"为基本思想,"玄"即宇宙万物生化运动的根源,相

当于老子的"道"。

⑰ 天行:自然界的运动变化。

⑱ 弇(yǎn)陋:见识浅陋。

⑲ 瀹(yuè):启迪,开通。

⑳ 公牍:文牍,公文。说部:指古代小说、笔记之类的书籍。

㉑ 释氏:即释迦牟尼,此处指佛教。佛教传入中国约在西汉、东汉之际。

㉒ 笔受:将别人口述的话用笔记录下来。此处指佛经的翻译。

㉓ "严子一文之"二句:意为赫胥黎的书有了严复的精彩的译文,一下子就赶上了春秋战国诸子的文章,能与之相提并论。骎(qīn)骎:形容马跑得很快的样子,也形容事业等进展得很快。

㉔ 其辞危:行文端直有力。

㉕ 相入:互相为用,彼此投合。

㉖ 舛(chuǎn)驰:背道而驰。

㉗ 光绪戊戌:即光绪二十四年(1898)。孟夏:初夏,指农历四月。

〔品读〕

　　吴汝纶这篇序文非常有名。首先,吴汝纶肯定了赫胥黎《天演论》一书,认为赫氏一改过去的"任天为治"的消极思想,强调人的主观能动性,突出"天不可独任,要贵以人持天"的创新理念,从而"尽变故说"。同时,强调人的能动作用在于遵循规律,"人之争天而胜天者,又皆天事之所苞"。

其次,吴汝纶对严译《天演论》大为赞赏,评价极高:因严复雄于文,他的翻译使得赫胥黎《天演论》的思想旨趣更加明豁。当时中国一些学者翻译的西方著作,粗陋晦涩,没有文采,无法与严复译文相比。

再次,吴汝纶还提出非常重要的文学理论观点:"文"与"道"互为表里,"道胜而文至",思想不能离开表达工具而独自存在,这对译作来说,尤其重要。时局令人忧虑:士大夫致力夸耀的不过是应酬的时文、幕僚们处理的公文和记录玄怪的小说,这些与文学不沾边!西方学者思想进步,很多学说对国人而言是闻所未闻的。如何启民智、解民愚,成为当务之急。所以,吴汝纶将严复翻译的《天演论》,比作"晚周诸子相上下"之书,意味深长。

最后,吴汝纶故意揣测严复翻译《天演论》的旨意,实则强调严复的译著,不是"自传其文",而是为了传播《天演论》的思想,希望"以人治之日新卫其种族之说",让时人警醒思变,奋发图强。

由于吴汝纶的声望,此序对宣传、介绍《天演论》起到了积极作用,促进了西方进步思想在中国的传播,也彰显了桐城派作家一以贯之的"与时俱变"的创新精神。

林　纾

　　林纾(1852—1924),初名群玉,字琴南,号畏庐,别署冷红生。清末民初福建闽县人。光绪八年(1882)举人,考进士不中,遂无意仕进。先后在福州苍霞精舍、杭州东城讲舍、北京金台书院、京师大学堂等校任教,并致力译书、写诗、作文、绘画,钻研经义、古文。曾拥护改良变法,表现出很高的爱国热情。晚年坚持旧文化,反对新文化运动,以清朝遗老终其身。

　　林纾古文造诣精深,虽未自我标榜为桐城派作家,但其论文、作文皆恪守桐城义法,古文崇尚与桐城派声息相通,所作古文不少篇什皆为佳作。林纾不通外语,却依靠他人口述,用文言文翻译欧美小说一百七十余种,其中不少为世界名著,对中外文化交流起重要作用。

　　林纾一生著作颇丰,散文有《畏庐文集》《畏庐续集》《畏庐三集》,诗有《闽中新乐府》《畏庐诗存》,文论有《春觉斋论文》《文微》《韩柳文研究法》,小说有《金陵秋》《官场新现形记》《冤海灵光》《劫外昙花》《剑胆录》《京华碧血录》等,笔记有《技击余闻》《畏庐琐记》《畏庐漫录》,还有传奇数种。《清史稿》有传。

湖心泛月记

杭人佞佛①,以六月十九日为佛诞②。先一日,阖城士女皆夜出③,进香于三竺诸寺④,有司不能禁,留涌金门待之⑤。余食既,同陈氏二生霞轩、诒孙亦出城,荡舟为湖游。霞轩能洞箫,遂以箫从。月上吴山⑥,雾霭溟蒙,截然划湖之半⑦。幽火明灭相间约丈许者六七处,画船也。洞箫于中流发声,声微细,受风若咽,而凄悄哀怨,湖山触之,仿佛若中秋气⑧。雾消,月中湖水纯碧。舟沿白堤止焉⑨。余登锦带桥,霞轩乃吹箫背月而行,入柳阴中。堤柳翁郁为黑影⑩,柳断处,乃见月。霞轩着白祫衫⑪,立月中,凉蝉触箫,警而群噪,夜景澄澈,画船经堤下者,咸止而听,有歌而和者。诒孙顾余:"此赤壁之续也⑫。"余读东坡《夜泛西湖五绝句》⑬,景物凄黯。忆南宋以前,湖面尚萧寥,恨赤壁之箫,弗集于此⑭。然则今夜之游,余固未袭东坡耳。夫以湖山遭幽人踪迹,往往而类,安知百余年后,不有袭我者?宁能责之袭东坡也⑮?天明入城,二生趣余急为之记⑯。

(选自《畏庐文集》)

〔注释〕

① 佞(nìng)佛:迷信佛教。

② 佛诞：佛祖的生日。

③ 阖（hé）城：全城。

④ 三竺：杭州有三天竺寺，一在北高峰，称上天竺寺；一在稽留峰，称中天竺寺；一在飞来峰，称下天竺寺。

⑤ 涌金门：杭州城门之一，在城正西。

⑥ 吴山：又名胥山，俗称城隍山，在西湖东南，为杭州名胜之一。

⑦ 截然划湖之半：水上的雾气将西湖从中间划开。

⑧ 中（zhòng）：感受，受到。秋气：肃杀悲凉之气。

⑨ 白堤：西湖自新桥至孤山的长堤，相传为白居易任杭州刺史时所筑。

⑩ 蓊（wěng）郁：茂盛的样子。

⑪ 袷衫：旧时衣领交于胸前的单衣。

⑫ 赤壁之续：据苏轼《赤壁赋》，苏轼曾与友人月夜泛舟于赤壁（在今湖北省黄冈市）之下，友人中也有一人吹洞箫，和作者这次与友人游湖的情景相似，故陈诒孙认为这次游湖是"赤壁之续"。

⑬《夜泛西湖五绝句》：苏轼作于杭州任上，写月夜泛舟西湖所见，其中有"菰蒲无边水茫茫"等句，故作者认为当时西湖"景物凄黯""湖面尚萧寥"。

⑭ "恨赤壁"二句：遗憾当时苏轼游西湖，没有像游赤壁那样以洞箫助兴。

⑮ 宁（nìng）：难道。

⑯ 趣（cù）：催促。

〔品读〕

光绪二十五年(1899),林纾在经历了丧妻之痛后,从福州移居杭州,徜徉于风光如画的湖光山色中,写下一系列清幽脱俗的游记,本文即是其中著名的一篇。本文开头写杭州人佞佛,于佛诞日前一天夜出进香于三竺诸寺,其盛况至于"有司不能禁",还得"留涌金门待之"。而作者于此热闹之中,别出心裁,携陈氏二生去月夜游湖,这种雅趣与世俗佞佛的情形恰成鲜明对照。接着依次写出游湖的行踪和湖上的景物。先写景,后写声;先写泛舟,再写登岸,但"月"是其中的主角,它与溟蒙的雾霭、灯火明灭的画船、蓊郁的堤柳、凄悄哀怨的箫声、触箫而群噪的凉蝉,共同构成一个凄清幽丽、如梦似幻的朦胧境界。在作者的笔下,月下湖心是那么的安谧祥和,令人沉醉。在这样的情境中,人们的内心也自然而然地沉静而超脱,体会到苏轼泛舟赤壁时的自得与自适。此种意境、情趣与神味,虽非林纾散文所独有,但逸出桐城家数之外而独具风采。

送姚叔节归桐城序

前二十余年,吾见桐城姚叔节于稠人中①。有王贡南者②,指而称曰:"是惜抱先生从孙也③。"时叔节英英然方领解④,余不得绍⑤,无以自进于叔节。

又十五年,始见范伯子于江南⑥。伯子婿于姚氏⑦,因得闻叔节学问甚详,盖能世石甫先生之家学而遥接心源于惜抱者也⑧。

又五年,马通伯至京师⑨,以古文噪于公卿。间见余,述其师吴挚甫文章行谊不容口⑩。余以通伯籍桐城,则又问叔节,乃不知通伯又婿于姚氏者也⑪。呜呼!姚氏不惟擅其文章,兄弟绵绍其家学⑫,乃其亲戚亦皆以文名天下,何其盛也。

近与叔节共事大学,须髯伟然,年垂五十矣。回念伯子被丧,以毁卒⑬;挚甫先生与余聚京师累月,旋亦物故⑭。晚交得通伯,以上书论时政不合,匆匆亦遇乱归桐城。计可以论文者,独有一叔节,而叔节亦行且归。然则讲古学者之既稀,而二三良友复不得常集,而究论之意斯文绝续之交亦有数存乎⑮?

方道咸间⑯,曾、梅诸老以古文鼓吹于吴楚⑰,一时朝士亦彬彬竞学,濂亭⑱、挚甫实为之后劲。诸老中,挚甫为最后死,尝语余自憾其老,恐桐城光焰自是而熸。时吾未识通伯,固谓叔节必能力继其盛。

今通伯方读书浮山⑲,叔节归而与之提倡古学,果得二三传人。知叔节虽不与吾居,精神当日处吾左右,余又何别之惜耶?

(选自《畏庐续集》)

〔注释〕

① 姚叔节:即姚永概,字叔节,姚莹之孙。清末民初古文家、诗人。著有《慎宜轩诗文集》。稠人:众人。《旧唐书·懿宗纪》:"帝姿貌雄杰,有异稠人。"

② 王贡南:即王毓菁,字谷兰,号贡南,福建闽县人。光绪十四年(1888)举人,以诗闻名于世,古文宗姚鼐。著有《愣修室诗存》。

③ 惜抱先生:即姚鼐,字姬传,一字梦谷,因书斋名"惜抱轩",故称惜抱先生。从孙:兄弟之孙,姚鼐为姚范的侄子,姚永概为姚范五世孙。

④ 领解:唐代乡试及第谓领解,历代沿称,亦称"发解"。解:解送朝廷以备拔擢之意。

⑤ 绍:绍介。

⑥ 范伯子:即范当世,初名铸,字铜生,后字无错,号肯堂。清代诗人、古文家。

⑦ 婿于姚氏:范当世于光绪十五年(1889)续娶姚永概姊姚倚云。

⑧ 石甫先生:即姚莹,字石甫,号明叔。嘉庆十三年(1808)进士,著有《中复堂全集》。家学:家族世代相传之学。心源:犹心性。

⑨ 马通伯:即马其昶,字通伯,晚号抱润翁。清末民初古文家。著有《抱润轩文集》等。林纾于光绪三十二年(1906)在北京与马其昶相识,结为文章道义之友。

⑩ 吴挚甫:即吴汝纶,字挚甫。曾师事曾国藩,为桐城派后期代表人物之一。著有《桐城吴先生全书》。光绪二十七年(1901),林纾任北京五城学堂总教习,与吴汝纶畅谈《史

记》,从此事吴汝纶如师。马其昶亦为吴汝纶之弟子,故述其师文章行谊。行谊:品行,道义。不容口:犹言不绝口。

⑪ 通伯又婿于姚氏:马其昶为姚永概姊夫。

⑫ 绵绍:远继。

⑬ 以毁卒:因疾病去世。范当世于光绪三十年(1904)十二月因肺病积劳去世。

⑭ 物故:去世。

⑮ 数:此处指命运。

⑯ 道咸间:指道光、咸丰年间。

⑰ 曾、梅诸老:指曾国藩、梅曾亮等人。

⑱ 濂亭:即张裕钊,字廉卿,号濂亭。道光二十六年(1846)举人,为桐城派后期代表人物之一。著有《濂亭文集》。

⑲ 浮山:又名浮度山、浮渡山,在今安徽省枞阳县境内。《读史方舆纪要》载:"浮山,县东九十里。亦名浮渡山。有三百五十岩,七十二峰。"

〔品读〕

宣统二年(1910),五十九岁的林纾由京师大学堂预科师范馆改授大学经文科,始与姚永概相识,结为文章道义之友。民国二年(1913),两人因与其时主导京师大学堂文科的以章太炎为首的魏晋派立场不合,同时又受到维新派的排挤,一起辞去教职。姚永概束装南归桐城,林纾遂作此文送之。虽然当时的文坛学界,以林纾、严复、马其昶、姚永朴、姚永概等为代表的桐城古文一派,仍有相当的势力与影响,但由于受到魏晋派、维新派等各方面人士的冲击,桐城文派的声势大不如前,已趋于末运。当此之际,林纾的心境不免苍茫而低沉,故其序文亦情调凄婉,自然而然地流露出知交零落的悲哀。然而他又自我慰藉,强作解人,说志同道合的朋友虽然离开京师,但是他的精神仍"日处吾左右"。末句不言惜别,而惜别的意味更浓。全篇除了"今通伯方读书浮山,叔节归而与之提倡古学,果得二三传人"这样略为提气的话语,更多的是今昔之慨、盛衰之叹,颇有"无可奈何花落去"的感伤。本文不仅仅是一篇赠序,还可作为一篇文献来看,它对于了解桐城派末代传人的交游情形与心理变迁,具有重要的参考价值。

范当世

范当世(1854—1904),初名铸,字铜生,后字无错,号肯堂。清代江苏通州人,诗人、古文家。出身于通州世族,早负才名,与张謇、朱铭盘号"通州三生"。从张裕钊学古文,又应吴汝纶之邀,讲学于保定莲池书院,与贺涛齐名,有"南范北贺"之称。屡试不第,以诸生终。曾为李鸿章幕僚。晚年致力本乡教育,参与筹办南通小学堂。著有《范伯子诗集》十九卷、《范伯子文集》十二卷。

王母陈太孺人哀辞

当世八月二十有一日①,自江浦归②。闻吾师景周先生复有母陈太孺人之丧③,方病不能恸④。明日,乃往哭。又十日而后哀之以文。

呜呼!当世之于太孺人则岂能无恸乎哉?当世十一岁始学于先生。当此之时,家贫数倍于今日。脩脯出于母氏之纺纴⑤,衣敝垢,履或见其足。初所从学,以婆人子为曹偶所讪⑥,而出则恐,虽以先生之敬,吾父犹每尝自远人。然太孺人则往往闻诵声喜,呼而与之语。问吾母状,视发结,命之坐而理焉。则叹曰:"汝母苦,我少时亦汝母若。汝喜读,汝母即苦,能几时矣?"野人以时馈瓜果食物⑦,必以唊当世⑧。指而谓人曰:"是某之子,是有贤母。"及当世十四岁出而试有司辄合⑨,太孺人则益喜。吾家乃稍稍得置酒治具⑩,为太孺人欢。太孺人执吾母手而笑曰:"我故谓是儿非久苦母者,何如⑪?"及当世娶得好妇⑫,自吾父母外,独太孺人欢。

其后当世稍耻窃浮誉,读书求古圣人贤人之用心,无复得所以媚有司者,有司亦颇厌弃,天下亦轻当世矣。而当世诸弟相继受学于先生,太孺人尚往往勖之曰⑬:"似汝兄。"闻诸家人,当世游,太孺人即病,未尝不问当世所在也。呜呼,恸哉!太孺人童养于王氏,以至于老,盖七十余年。当世所见者,犹十七年,其行与德,真有士大夫不敢望者,宜得传。

顾天之限女子甚严,虽甚盛德,常不得有没世之名。及其子孙之昌而阐扬之,则天下以为固然。且凡有亲者皆是也,何足以传? 又况当世之文,万不足以取信于天下,或称述太孺人之行与德,不足为太孺人重,而反以习视我太孺人,岂当世之志耶? 当世则亦自鸣其哀而已矣。呜呼,恸哉! 辞曰:

虽儒彦不能强之吾同也,而母则伸吾于童蒙也。母之灵无恫也⑭,而哭母之感无穷也。

(选自《范伯子文集》卷一)

〔注释〕

① 八月二十有一日:即光绪六年(1880)八月二十一日。

② 江浦:旧县名,清朝时属江宁府。2002年,与南京市浦口区合并,成立新的浦口区。

③ 景周先生:即王兆榛,字景周,诸生,以教授名。居通州城中,四方来学者众,州及学政试,其弟子每每位居前列。

④ 恸(tòng):极度哀痛,大哭。

⑤ 脩脯:本指干肉,后指给老师的学费。

⑥ 窭人子:贫穷人家的子弟。曹偶:同辈,同类。

⑦ 野人:乡野之人,农夫。时馈:时时赠送。

⑧ 啖(dàn):给人吃。

⑨ 有司:官吏。

⑩ 治具:置办饮食之具。

⑪ 何如:怎么样。

⑫ 娶得好妇:范当世于同治十一年(1872)十九岁时娶同州吴苣庵之女。吴夫人乳名大桥,时年二十三,多才多艺。婚后夫妻感情诚笃,育两男一女。

⑬ 勖(xù):勉励。

⑭ 恫(tōng):哀痛。

〔品读〕

"王母"本指祖母,本文题目中"王母陈太孺人"指的是作者的老师王景周先生的母亲。以"王母"称呼,表示作者把她当作祖母一样敬爱。范当世自十一岁从王景周先生受业,至陈太孺人去世时,已历十七年。其间,范当世应童子试、州试、科试,均取得好成绩。其后虽数应江南乡试不中,旋即补廪、娶妻,又广交师友,学业日进,文名渐起。追澜索源,都应感谢王景周先生的启迪之恩,更不能忘却先生之母陈太孺人的关切关爱之情。陈太孺人于范当世,不仅生活上关心帮助,而且学业上鼓励支持,为他的每一点进步而欣喜不已,即使范当世出游在外,也常牵挂在心。这份真情厚谊,范当世自然深刻铭记,当陈太孺人不幸病逝,他悲痛万分,次日即往哭吊,十日后心情稍稍平复,便作此文,"自鸣其哀而已"。正因为作者不欲刻意为文阐扬陈太孺人之行与德,故其情真意切,回忆往事如话家常,不事雕琢而自然动人。

马其昶

马其昶(1855—1930),字通伯,晚号抱润翁。清末民初桐城人。桐城派末期代表作家之一。清光绪间曾任学部主事,后任京师大学堂教习。他经历了清末的维新变法运动和辛亥革命,时势对他有所影响。此后,担任清史馆总纂。他在清末提出一些改良建议,在民初曾反对袁世凯称帝。

马其昶的散文创作固守桐城家法,新文化运动对他没有任何触动。他虽然没有像林纾那样发表反对新文化运动的言论,但是在新文化运动中,陈独秀因言辞过激而遭北京警察局逮捕,马其昶利用自己的影响,尽全力营救。著有《抱润轩文集》二十二卷等。

赠太仆寺卿南昌知县江君家传

江君讳召棠,字云卿,桐城人,官江西南昌县知县。光绪卅二年正月壬寅①,法国教士王安之置酒天主堂,胁以事②,不从,被刺死。民大哗,焚毁三教堂,杀安之,西国士女遇害者九人,巡抚以下坐罢职。自教案以来③,未有祸烈如此者也。

先是,三十年夏,新昌县棠浦民龚姓与教民哄④,讹言棠浦叛,大吏以兵至,未遽动。龚姓抗不服,聚众数千,洪江会匪乘间阴煽之⑤,相持数月,势汹汹。议者遂主剿,大吏慎其事,檄君往。君单骑驰入村,晓谕祸福,龚姓长老皆感泣,立缴兵械,缚首从三人至,定监禁罪,事得解。而安之犹以民弱,一用兵可立威,憾君庇民,议罪轻,无能惩后,谓继此茌港、新建、高安三教案⑥,胥由此起,时时诮让⑦。至是,折柬招君饮⑧。

君入而门闭,从者在外。酒半,出片纸,书三事,强君署名,一加抵龚姓罪,一偿款十万,一释茌港教民逮系在狱者。君以死拒。安之曰:"君死易耳!"即持刀剪向君。君知不可理喻,阳起旋⑨,欲出不得,趋旁室,与教堂司事刘宗尧言,宗尧漫不应,安之亦至,久之,启门出。从者入见,则君已流血被体,刺喉不殊⑩,不能言,以意索纸笔,自书安之暨二教民谋杀状,且言:"从宦久,薄得民誉,惧身死,愚民激义愤仇教,贻国际忧⑪,惟长官加意焉。"君伤未即死,还署,食饮从喉出。民日诣问起居⑫,知不可起。而安之犹阳阳乘舆出入巡抚署⑬,民见之益愤。丙午,遂群起毁教堂,安之遁,民追刺之死。又四日庚戌,君卒。于是自巡抚至士民皆走吊哭,而上高、临川民各哭于所建生祠⑭。

初,君历任新建、庐陵、德化诸县⑮,皆有绩,大吏奏加三品衔，以知府用。而南昌再至，竟死于职。诏遣津海关道梁敦彦偕法参赞戴端贵驰抵南昌定谳⑯，法参赞坚不承安之谋杀，谓知县死由自刎，不得议恤，索抚恤教士银二十五万两，朝廷顾邦交，曲从之。然于君之死事，未尝不嘉其忠，追赠太仆寺卿。所在之地，往往开会追悼，亦听民为之，不禁止也。君所莅皆壮县⑰，公私饶阜，事所应举，无不为。又值革新之际，一倾囊橐办治⑱，务使声实出时上。殁后，家无余资。年六十二。

马其昶曰：南昌之狱，议者断断致辩⑲，惟自刺与谋杀殊耳。夫杯酒谈宴，自糜顶踵⑳，事理所必无者也。就令有之，慷慨引决㉑，不枉吾民㉒，不愈彰其美哉！向使稍存濡忍之念㉓，谩辞应之㉔，固未尝不得生。以君智略，不出此者，虑清议拟其后㉕，亦不知祸烈果至是也。君在当时，最号为趋时识变，而交涉事又素习，乃卒以此丧其躯，遂凛凛称义烈矣㉖。

（选自《抱润轩文集》卷十一）

〔注释〕

① 光绪卅二年：即光绪三十二年（1906）。

② 胁：逼迫。

③ 教案：鸦片战争以后，英、法、美、德等帝国主义国家利

用与中国签订的不平等条约,加紧派遣不良教士深入中国各地进行侵略活动。这些教士及少数中国教民倚仗帝国主义势力,在许多地方为非作歹,经常激起广大人民群众及少数统治阶层人士的爱国义愤,奋起围攻捣毁教堂,惩办非法教士。这样的事件,在当时被称为教案。

④ 新昌县:今江西省宜丰县。哄:吵闹。

⑤ 洪江:应为"洪州"。隋代置洪州,辖境为江西省西北部修水、锦江流域一带,治所在今南昌市。会:此处指天地会、哥老会等民间会党组织。由于清代多次发生以会党成员为骨干的群众起义,故统治阶级诬称会党群众为"会匪"。

⑥ 茌港:镇名,在江西省南昌市南。新建:县名,今属江西省南昌市。高安:即今高安市,隶属江西省宜春市。

⑦ 诮(qiào)让:责问。

⑧ 折柬:亦作"折简",写信。

⑨ 阳:通"佯",假装。旋:小便。

⑩ 不殊:不死。

⑪ 贻:遗留,留下。

⑫ 诣问:前往叩问。

⑬ 阳阳:安然自得的样子。

⑭ 上高:即今江西省宜春市下辖的上高县。位于江西省西北部,锦江中游。临川:即今江西省抚州市临川区。位于江西省东部,抚河中游。生祠:旧时为活着的人建立的祠堂。这里指人们在江召棠生前为他建立的祠堂。

⑮ 庐陵:即今江西省吉安市。德化:即今江西省九江市。

⑯ 津:即今天津市。海关道:鸦片战争后管理海关的官员。定谳(yàn):指司法上的定案。谳:议罪。

⑰ 壮县:富庶繁盛的县。
⑱ 囊橐(tuó):口袋。这里指口袋里所有的银钱。
⑲ 訚(yín)訚:争辩貌。
⑳ 自糜顶踵:毁伤自己的身体。糜:毁伤。顶踵:头顶与足踵,借指全身。
㉑ 引决:自杀。
㉒ 不枉:不辜负。表示事情没有白做。
㉓ 濡(rú)忍:柔顺忍让。
㉔ 谩辞:欺诳的言辞。
㉕ 清议:公正的舆论。拟:比拟,引申为评价。
㉖ 廪廪:通"凛凛",威严而可敬畏的样子。义烈:忠义节烈。

〔品读〕

　　江召棠系桐城肖店人,光绪十五年(1889),因军功铨选,补江西上高知县,后一直在江西多地任职,有政声,百姓曾以"江公桑""江公堤"颂扬其治绩。光绪三十年(1904),回任南昌知县,这年新昌县棠浦镇百姓愤起惩治作恶教徒,清廷迫于压力,派兵围剿,百姓啸聚,对峙长达一年。棠浦百姓仰慕江召棠之名,推乡绅至南昌求援,在获得江西巡抚委任后,江召棠单骑赴新昌调处,官兵撤围,百姓解散,仅将为首的两人带回南昌从轻发落,众人皆服。光绪三十一年(1905),南昌茬港教民为非作歹,江召棠下令缉拿,当时新昌天主教传教士王安之调任南昌主教,对江召棠怀恨在心已久,庇护作恶教士。光绪三十二年(1906)正月二十七日,王安之邀约江召棠两日后赴会,称有事相商,明知是诈,江召棠毅然赴约。席间王安之胁迫江召棠释放作恶教士,提出重判棠浦事件首犯、赔偿教民等无理要求,江召棠严词拒绝,称"召棠头可断,而理不可屈"。王安之命人反缚江召棠双手,自己用餐刀、利剪猛刺江召棠咽喉。南昌百姓闻讯后,群情激愤。二月初三日,江召棠伤重死亡。初四日,民众愤起,杀死王安之,焚烧教堂,酿成了震惊中外的"南昌教案"事件。江召棠棺柩运回原籍安葬。朝廷虽迫于外交压力,屈从法国参赞的无理索赔,但对江召棠仍嘉赏其忠义,追赠太仆寺卿。各地百姓追悼,朝廷也予以默许。

马其昶作为同乡,为江召棠立传记其事迹,对当时争议不一的江召棠是自刎还是谋杀,作者态度鲜明:毅然赴宴而自刎,于理不通,即便江召棠是自刎,也是因情势所迫而慷慨就义,足显江公美德!文中盛赞江召棠忠君爱国护民,严拒侵略者无理要求,为民不惜一死的凛然大义。同时,文中也对西方侵略者的强权暴行予以谴责,表现出桐城派作家积极入世的爱国情怀。

姚永朴

姚永朴(1861—1939),字仲实,晚号蜕私老人。清末民初桐城人,姚莹之孙,姚濬昌之子。幼秉庭训,刻苦自励,与弟姚永概、长姊夫马其昶、次姊夫范当世砥砺古文。游张裕钊、吴汝纶、萧穆诸先生之门。光绪二十年(1894)中举。民国初期,先后执教于北京大学、东南大学、安徽大学,讲授《文学研究法》。曾任清史馆纂修。治诗、古文辞,其文"谨厚沉挚,蔼然儒者之言"(张舜徽《清人文集别录·蜕私轩集》)。后专读经,汉宋兼收,自成一家之言。著有《蜕私轩集》等。

桐城耆旧言行录序

吾尝推论史家义例[①],莫不本之于经。盖编年之法,创自《春秋》[②];志传之文,肇于《典》《谟》[③];其他杂记圣贤言行,则《论语》实为之嚆矢焉[④]。《家语》《孔丛》虽皆后儒伪托[⑤],然亦缀合孔氏遗文,仿《论语》而为之者也。周秦诸子亦间纪圣贤轶事,而词多荒诞不可信。惟刘向《新序》《说苑》所载[⑥],主于明纪纲,迪教化,不失为儒者之言耳。六朝时,刘义庆作《世说新语》[⑦],其中颇多游鄙之谈、浅薄之行,以词旨名隽⑧,好文者嗜之。故其书易行,而害道亦最甚焉。宋承五代之余,名卿巨儒并生挺出。南渡后,朱子乃考其言论行事,编为《名臣言行录》及《伊洛渊源录》⑨,皆足以感发兴起,有益学者甚大。

夫传状之文,贵能纪其人之大节。故功在社稷者,其州郡之设施略焉⑩;功在州郡者,其乡里之行谊略焉⑪。非惟叙事之体则然,苟详于其小,则大者转以之不显焉耳。惟记录之书,可以巨细兼采,即言论足取,亦得并录,以资观法。此二者之体所以能并存不废也,要必以有裨于人心风俗为义,岂徒曰广见闻、资采摭而已哉?

吾乡前明士大夫,自左忠毅公外⑫,大率皆以风节著闻。其励志圣贤之学者,则始于何先生唐⑬,而大于明善方先生学渐⑭,数传至密之先生⑮,一变为宏通淹雅之学,论者遂谓其书开实事求是之始。圣清膺运⑯,先端恪公及张文端、方恪敏相继立朝⑰,并有贤良之誉。雍、乾间,方望溪侍郎以学行为天下宗,海峰、惜抱两先生继之,于是天下言文章者,复归向桐城,以为正轨。呜呼,可谓盛矣!

昔明善先生尝撰《桐彝》《迩训》两书⑱,虽所收录甚简,然吾邑正、嘉以前之文献,实赖是而仅存。予每与马君通伯言此⑲,未尝不思所以赓续之者。

乙酉秋，通伯既撰《耆旧传》若干卷，予乃本朱子之意，遍采史传、志乘及诸家文集、笔记，别为《言行录》一书，悉引原文而各详注其所出，意主征实而已。传所取之人为详，而事则非其大者不载。是录所取之事为博，而人则非其大者亦不载。其详略异同之间，盖有可相辅者。独恨才识媕陋[20]，所搜辑者，未必有当前哲之心[21]，然置诸座隅，以自检束，则庶几可为寡过之助云尔。

(选自《蜕私轩集》卷二)

〔注释〕

① 义例：著书的主旨和体例。

②《春秋》：儒家经典之一。相传由孔子据鲁国史官所编《春秋》加以整理修订而成，是我国最早的编年体史书。

③《典》《谟》：《尚书》中《尧典》《舜典》与《大禹谟》《皋陶谟》等篇的并称。后即以代指《尚书》。

④ 嚆(hāo)矢：带响声的箭。因箭发射时声音先到，所以常用来比喻事物的开端或先行者。

⑤《家语》：即《孔子家语》，最先著录于《汉书·艺文志》，二十七卷，孔子门人所撰，其书早佚。今所见或为三国魏人王肃的伪作。《孔丛》：即《孔丛子》，三卷二十一篇，旧题孔鲋撰，或为王肃及其门徒的伪作。

⑥ 刘向(约公元前77年—公元前6年)：原名更生，字子政，沛县(今属江苏)人。撰有《新序》《说苑》《列女传》等书。

⑦ 刘义庆(403—444)：彭城(今江苏省徐州市)人，南朝宋著名小说家。笔记小说集《世说新语》可能是他和门下文士博采众书编纂润色而成。原书八卷，今本作三卷，分德行、言语、政事、文学等三十六篇，多记述汉末至东晋士族阶层人物的言谈逸事。

⑧ 名隽：即名俊，俊秀出众。《四库全书简明目录》评《世说新语》"叙述名隽，为清言之渊薮"。

⑨《名臣言行录》：即《宋八朝名臣言行录》，南宋朱熹撰，二十四卷，分《前集》(又称《五朝名臣言行录》)十卷，录赵普至苏洵五十五人；《后集》(又称《三朝名臣言行录》)十四卷，录韩琦至陈师道四十四人。北宋一代名臣略具于此书。《伊洛渊源录》：朱熹编纂，十四卷，书名取河南伊、洛二水。包括行状、铭记、年谱、事略、语录等目，记载周敦颐、程颢、程颐、邵雍及其师友、弟子的言行。

⑩ 设施：措置，筹划。

⑪ 行谊：事迹，行为。

⑫ 左忠毅公：即左光斗。

⑬ 何先生唐：即何唐，一名省斋，字宗尧，安徽桐城人。正德十六年(1521)进士，官南京兵部主事，升郎中。后主讲桐溪书院，授徒讲学，有"桐人知学自唐始"之说。

⑭ 明善方先生学渐：方学渐自建桐川会馆，昌明桐城学风，卒后，学人私谥"明善先生"。

⑮ 密之先生：即方以智。

⑯ 膺运：犹膺期。承受期运，受天命为帝王。

⑰ 先端恪公：即姚文然（1620—1678），字弱侯，号龙怀。崇祯十六年（1643）进士。顺治初，被荐任国史院庶吉士。官至刑部尚书。卒谥"端恪"。张文端：即张英（1637—1708），字敦复，号乐圃。康熙六年（1667）进士，授内弘文院庶吉士。官至文华殿大学士兼礼部尚书、经筵讲官。卒谥"文端"。方恪敏：即方观承（1696—1768），字遐谷，号问亭，又号宜田。雍正时为平郡王记室。官至直隶总督、太子太保。卒谥"恪敏"。

⑱《桐彝》：方学渐撰，三卷。"是编取其乡忠孝义烈之行，凡耳目所及者，各为立传"，共五十人，作传二十三篇。《自序》谓"风世莫如彝，充彝莫如学"，故名"桐彝"。桐：桐城的简称。彝：为古代宗庙祭祀的常器。《迩训》：方学渐撰，二十卷。"是书专载其乡人物行谊及其先世事之可为法者"，分门目为四十一类。迩（ěr）：近也，以近在桑梓，故名"迩训"。

⑲ 马君通伯：即马其昶，其撰写的《桐城耆旧传》，是一部桐城名人传记作品。记叙上起明初、下迄清末桐城地方人物九百余，每人详撰行迹，乃桐城派及桐城文化学术研究的一本重要文献。

⑳ 媕（ān）陋：人云亦云，见识浅陋。

㉑ 前哲：前代的贤哲。

〔品读〕

姚永朴编纂的《桐城耆旧言行录》和马其昶编撰的《桐城耆旧传》，是清末民初桐城学者搜集整理乡贤文献成果的双璧,资料翔实,影响深远。所不同的是《桐城耆旧传》侧重志传,而《桐城耆旧言行录》侧重言行。

　　此文是为《桐城耆旧言行录》所作的序言,开篇明言"史家义例"皆"本之于经",指出史家"义例"大致有三:一是编年,二是志传,三是杂记。据此,作者罗列历史与记录言行。文中特别强调六朝刘义庆的《世说新语》和朱熹的《名臣言行录》《伊洛渊源录》,认为前者"害道亦最甚",而后者"有益学者甚大",通过两者比较,突出作者以德为核心的杂记文学批评观。此外,还通过比较"传状之文"和"记录之书"各自的特点,指出记录之书的功用"有裨于人心风俗",远在"广见闻、资采摭"之上。

　　文章后半部分讨论桐城前哲言行录的内容及主旨。指出有以左光斗为代表的明朝士大夫的"风节"言行,他们身处明末乱世,以坚贞立节,以气节垂世;有以姚文然、张英、方观承为代表的"贤良"言行,他们积极入世,齐家治国;有以方苞、刘大櫆、姚鼐为代表的"文章"言行,他们身处盛世而倡导文治。作者明言《桐城耆旧言行录》的写作意图是"所取之事为博",而人"非其大者亦不载",这表明《桐城耆旧言行录》与《桐城耆旧传》的各自侧重点、详略异同却又相辅相成、相得益彰的特点,颇有深意!

姚永概

姚永概(1866—1923),字叔节。清末民初桐城人,姚莹之孙,姚濬昌之子。光绪十四年(1888)举人,曾任安徽高等学堂教务长,安徽师范学堂校长。辛亥革命后,曾任北京大学文科学长、北京正志学校教务长。著有《慎宜轩诗文集》。

西山精舍记

光绪丁丑①,吾父既弃官②,归寓于郡城,乃营西山之屋而居之。西山距郡百五十里,而距邑三十里。屋十数间。逾年,于其西复营屋三间。轩窗开豁,杂植众卉。为大母居室,而名之曰春荣轩。东有隙地种麻,西为菜圃。前临大堤,屋居堤上南向,前门东向。门旁草舍三楹,则予兄弟读书之所也。室不盈丈③,朝夕其中,如在小舟焉。堤下田数顷,田下有大溪,自东而西,复折而南。每夏秋之际,盛雨大涨,潆然如发万轮。屋后柿一株,栗一株。春荣轩前柏一株,杏二株,垂柳一株,梅一株,而荼蘼尤盛,花时高出垣表,隔溪行人望见之,其他樱桃、芙蓉、白榇④,及四时杂花皆具。

由吾屋而东，行半里登山，则方植之先生之墓在焉。由吾屋而西，行半里，山径绝，乱石矗立，中有泉，漫流出灉⑤，停薄常满，味甘冽，宜煮茗。予以其出自石孔也，名之曰洞泉。凡西山精舍之美具此。

　　自丁丑春来居，至甲申冬⑥，凡八年，乃葺中复堂故居⑦，移入邑城。自居城中三年，家日益贫。予兄弟日益壮大。仲兄既去天津⑧，而予与伯兄复将继之⑨。非特西山之朝云夕霏、林谷异态，徒存胸臆间，即负郭龙眠、投子诸山，亦将不复时亲矣。异日者，远涉江海，孑焉孤游，怅望故乡在几千里外，回忆昔日西山之居，予三人者共处一斋，仰而望山，俯而读书，论古今之得失，吊往哲之遗墟者，盖益将恍惚于中，而泊然如不在予之世也。于是慨然执笔⑩，及今而记之。既以陈于伯兄，并寄仲兄，以为何如也？

　　丙戌十月⑪，姚永概记。

（选自《慎宜轩文集》卷十一）

〔注释〕

① 光绪丁丑：即光绪三年（1877）。

② 吾父：即姚濬昌。弃官：辞去县令。

③ 盈：满，多出。

④白檗:即白茶。
⑤瀷(yì):水急流。
⑥甲申:即光绪十年(1884)。
⑦葺(qì):修缮房屋。中复堂:姚莹故居。
⑧仲兄:即姚永朴。
⑨伯兄:即姚永楷。
⑩慨然:感慨,叹息。
⑪丙戌:即光绪十二年(1886)。

〔品读〕

此文与姚永朴《西山精舍图记》为姊妹篇,有异曲同工之妙。异曲者,两篇着墨处不同:姚永朴之文以写人为中心,写景文字无多,而西山环境之美,亲情乡情之浓,一如读归有光之《项脊轩记》那样感人肺腑;姚永概之文以写景为主,由近及远,由外到内,全系白描,而笔之有致,精舍内外,花木繁荫,乱石流泉,风景如画,兄弟"共处一斋"读书,"论古今之得失,吊往哲之遗墟",多么值得回味留恋。手足之情溢于言表。然而昔日西山精舍情景,已不可得,慨叹"盖益将恍惚于中,而泊然如不在予之世也"。所谓"其文迂回蓄缩,务使词尽意不尽,以至词意俱不尽,此桐城文派家法"(刘声木《桐城文学渊源考》卷十),此文见之。